NO INTERESSE DA CRIANÇA?

COLEÇÃO PSICOLOGIA E PEDAGOGIA — Nova Série
Dirigida por Luis Lorenzo Rivera

Obras publicadas:

Bowlby, J. — Apego e Perda, Vol. I — Apego
Bowlby, J. — Apego e Perda, Vol. II — Separação
Bowlby, J. — Apego e Perda, Vol. III — Perda
Mannoni, M. — A Criança Retardada e a Mãe
Dolto, F. — Sexualidade Feminina
Blos, P. — Adolescência
Freinet, C. — Pedagogia do Bom Senso
Redl, F. e Wineman, D. — A Criança Agressiva
Redl, F. e Wineman, D. — O Tratamento da Criança Agressiva
Bohoslavsky, R. — Orientação Vocacional
Benjamin, A. — Entrevista de Ajuda
Gesell, A. — A Criança dos 0 aos 5 Anos
Piaget, J. — A Linguagem e o Pensamento da Criança
Pichon-Rivière, E. — Teoria do Vínculo
Pichon-Rivière, E. — O Processo Grupal
Braier, E. — Psicoterapia Breve de Orientação Psicanalítica
Rogers, C. — Grupos de Encontro
Rogers, C. — Psicoterapia e Consulta Psicológica
Rogers, C. — Sobre o Poder Pessoal
Rogers, C. — Tornar-se Pessoa
Winnicott, D. W. — Privação e Delinqüência
Bettelheim, B. — A Fortaleza Vazia
Bleger, J. — Temas de Psicologia
Spitz, R. A. — O Primeiro Ano de Vida
Ocampo, M. L. S. de e col. — O Processo Psicodiagnóstico e as Técnicas Projetivas
Goldstein, J., Freud, A. e Solnit, A. J. — No Interesse da Criança?
Gesell, A. — A Criança dos 5 aos 10 Anos

Próximas publicações:

Gusdorf, G. — Professores Para Quê?
Vygotsky, L. S. — Pensamento e Linguagem

Psicologia e Pedagogia

NO INTERESSE DA CRIANÇA?

JOSEPH GOLDSTEIN, ANNA FREUD, ALBERT J. SOLNIT

TRADUÇÃO:
Luis Claudio de Castro e Costa

REVISÃO:
Marina Appenzeller

Martins Fontes

Título original: BEYOND THE BEST INTERESTS OF THE CHILD

© *copyright by* the Free Press, A Division of Macmillan Publishing Co., Inc.

1.ª edição brasileira: maio de 1987

Tradução: Luis Claudio de Castro e Costa
Revisão: Marina Appenzeller

Produção gráfica: Geraldo Alves
Composição: Artel - Artes Gráficas
Capa: Alexandre Martins Fontes

Todos os direitos para a língua portuguesa reservados à
LIVRARIA MARTINS FONTES EDITORA LTDA.
Rua Conselheiro Ramalho, 330/340
01325 — São Paulo — SP — Brasil

ÍNDICE

Prefácio V
Agradecimentos VII

PRIMEIRA PARTE

O PROBLEMA E NOSSAS PREMISSAS

1 — **A Colocação da Criança em Perspectiva** 3
2 — **As Relações da Criança com seus Pais** 7
    O relacionamento entre pais e filhos biológicos 11
    O relacionamento psicológico entre os pais e a criança 12
    A criança desejada 14
    O relacionamento entre pai adotivo e criança 15
    O relacionamento entre pai de criação e criança 16
    O relacionamento dos pais adotivos por direito consuetudinário com a criança 18

SEGUNDA PARTE

AS DIRETRIZES E SUAS IMPLICAÇÕES PARA AS LEIS DE COLOCAÇÃO DA CRIANÇA

3 — **A Continuidade, o Sentido de Tempo de uma Criança e os Limites da Lei e da Predição** 23
    As decisões de colocação devem salvaguardar a necessidade da criança de continuidade nas relações 23

Implicações 25
Adoção 25
Custódia no divórcio e na separação 27
Colocações de criação e outras temporárias 28
As decisões de colocação devem refletir o sentido de tempo das crianças e não dos adultos 28
Implicações 30
Adoção 32
Separação e divórcio 33
Abandono e negligência 33
As decisões de colocação da criança devem levar em conta a incapacidade da lei para supervisionar as relações interpessoais bem como os limites de conhecimento para se fazer previsões a longo prazo 34

4 — **A Propósito da Alternativa Menos Prejudicial** 37
As colocações devem oferecer a alternativa disponível menos prejudicial para proteger o crescimento e o desenvolvimento da criança 37

5 — **Sobre a Condição de Parte e o Direito de Representação** 45
Em qualquer colocação litigiosa a criança deve ter plena condição de parte e direito de ser representada por advogado 45

TERCEIRA PARTE
AS DIRETRIZES APLICADAS

6 — **As Decisões Rothman** 51
Decisão 1 51
Decisão 1 reescrita 53
Decisão 2 59
Decisão 2 avaliada 64

7 — **Providências para um Estatuto de Colocação da Criança** 67
Providências selecionadas para o código de colocação da criança de Hampstead-Haven 67

QUARTA PARTE
EXAMINANDO NOSSAS PREMISSAS

8 — **Por Que os Interesses da Criança Devem Ter Primazia?** 73

EPÍLOGO
MAIS ALGUMAS OBSERVAÇÕES SOBRE A APLICAÇÃO DO MODELO DA ALTERNATIVA MENOS PREJUDICIAL

I. As diretrizes — A simplicidade é a máxima sofisticação 79
II. Visitas 81
Notas 93

PREFÁCIO

Acontece muitas vezes que dois autores unam esforços para produzir uma publicação na qual a contribuição pessoal de um se integra inextricavelmente na do outro. É muito menos freqüente três pessoas empreenderem juntas uma tarefa assim e obterem um resultado que faça justiça a cada uma, conseguindo ainda dar a impressão final de ser um todo unificado. Observar essa experiência desde o seu início é um privilégio incomum que tive oportunidade de desfrutar.

Os três autores deste volume são autoridades em seus campos específicos, embora cada um deles tenha, em ocasiões anteriores, aplicado seu conhecimento especializado, em colaboração com colegas, em campos afins. Eles também representam três instituições, a Law School da Universidade de Yale, a Hampstead Child-Therapy Clinic, de Londres, e o Child Study Center da Universidade de Yale.

O impacto da Law School foi óbvio na escolha do problema — a crítica às leis existentes que governam o destino de crianças e a tentativa de formular um código revisto. A experiência adquirida na Hampstead Child-Therapy Clinic foi condensada nos capítulos e parágrafos que definem as relações entre as crianças e seu ambiente adulto, bem como em muitos dos itens que tratam das suas necessidades em mutação, durante o período de crescimento e desenvolvimento. O Child Study Center contribuiu com uma grande dose de experiência, adquirida no tratamento de casos reais de famílias destruídas, crianças deslocadas e as decisões desastrosas sobre seus destinos.

Observando os três autores em seu trabalho, os momentos que mais me fascinaram foram aqueles em que as opiniões individuais se chocavam, dando lugar a batalhas tremendas, durante as quais cada colaborador, aferrado a uma convicção sua, defendia-a. Às vezes, os desentendimentos desse tipo diziam respeito a questões de somenos importância, por exemplo, de mera terminologia, tais como o novo emprego da expressão "criança desejada", que poderia prestar-se a confusões; outras vezes, discutiam sobre questões de importância vital, tais como a completa ab-rogação dos direitos biológicos dos pais, sempre que tais direitos se tornassem contrários ao bem-estar da criança. Porém, mesmo as discordâncias, que à primeira vista pareciam insolúveis, acabavam sendo resolvidas após muitos debates e discussões e, às vezes, após uma noite de sono. Em cada caso, o alto grau de entusiasmo revelava o enorme investimento neste seu empreendimento comum e mútua cooperação. Nos momentos de tensão, a atmosfera era também aliviada pelo humor, por exemplo, quando um deles, para sua própria surpresa, descobria que aquilo que ele enfatizava não tinha sido esquecido nem negligenciado completamente; quando outro se lembrava, com saudade, de quão fácil e cômodo tinha sido para ele escrever livros sozinho; ou quando a certa altura de uma rara concordância, alguém observava que sua ação conjunta lhe dava a impressão de uma orquestra sinfônica.

Finalmente, presenciei o surgimento da figura benevolente de um juiz iluminado, que em sua pessoa reunia o conhecimento e muitas características pessoais dos três autores, ou seja, um perfeito conhecimento da lei combinado com o conhecimento psicanalítico diuturno do desenvolvimento da criança.

A idéia de escrever um livro foi pela primeira vez discutida em 1969, quando se fizeram planos para uma série de ensaios individuais a serem preparados e assinados por seus respectivos autores. Na reunião seguinte, no ano de 1970, em Yale, New Haven, estes planos foram abandonados em benefício da atual série que apresenta os conceitos e definições básicos, diretrizes e suas aplicações. O trabalho comum continuou em Rathmore, nas vizinhanças de Baltimore, Eire, e Maresfield Gardens, Hampstead, Londres, onde teve lugar o trabalho final, em 1973. O tribunal fictício de New Haven-Hampstead dá testemunho de duas dessas locações, enquanto o nome de Baltimore dado ao juiz lembra a terceira.

Dorothy Burlingham

AGRADECIMENTOS

Muitas pessoas e várias instituições incentivaram e facilitaram nossos esforços no preparo deste livro. Desejamos manifestar nossos agradecimentos por esse apoio.

Pelos comentários críticos sobre vários rascunhos dos originais: Laura C. Coddling, Steven Goldberg, Sonja Goldstein, Hillary Rodham.

Por sua assistência: Alexander M. Bickel, Robert Burt, Marshall Cohen, L. de Jong, John Hart Ely, Max Gitter, John Griffiths, Jay Katz, Seymour L. Lustman, Sally A. Provence, Amos Shapiro, Martha Solnit.

Pelo incentivo e pela atmosfera de paz e tranqüilidade onde trabalhar: Kingman Brewster, Jr., reitor da Universidade de Yale; Abraham S. Goldstein, decano da Law School da Universidade de Yale; John Perry Miller, diretor da Instituição para Estudos Sociais e de Política da Universidade de Yale.

Pela assistência na biblioteca: Robert E. Brooks, Gene Coakley, James M. Golden, Isaiah Shein, Charles S. Smith.

Pela permissão para reproduzir dispositivos da Lei de Casamento Constante e Divórcio, da Lei de Jurisdição da Custódia Constante da Criança, e da Lei Revista de Adoção Constante; da Conferência Nacional de Delegados sobre Leis Estatais Constantes.

Pela assistência financeira (subsídio de viagens, estudos, pesquisas): a Field Foundation, a Ford Foundation, a Foundation for Research in Psychoanalysis, o Freud Centenary Fund, a Anna Freud Foundation, a Grant Foundation, a Institution for Social and Policy Study, a Andrew Mellon Foundation, o National Institute for Mental Health e a New-Land Foundation.

Pela assistência de secretaria: Yvonne M. Bowkett, Billie Hutching, Geraldine Formica, Gina Lewis, Sophie Powell, Elizabeth H. Sharp, Jean Yurczyk.

Pela editoração: Lottie M. Newman.

PRIMEIRA PARTE

O PROBLEMA E NOSSAS PREMISSAS

Capítulo 1

A COLOCAÇÃO DA CRIANÇA EM PERSPECTIVA

Pela lei e de praxe, dedica-se à criança uma atenção especial. A lei distingue o adulto da criança em termos físicos, psicológicos e sociais. Presume-se que os adultos sejam responsáveis por si mesmos e capazes de decidir o que é de seu próprio interesse. Portanto, a lei se destina, em linhas gerais, a salvaguardar o direito de cuidarmos de nossos assuntos pessoais sem qualquer ingerência do Estado. Quanto às crianças, presume-se que sejam seres incompletos, ainda não plenamente competentes para determinar e salvaguardar seus interesses. Elas são tidas como dependentes e necessitando de cuidados diretos, íntimos e contínuos por parte de adultos que estejam incumbidos pessoalmente de assumir essa responsabilidade. Assim, o Estado procura assegurar a cada criança a qualidade de membro de uma família que tenha pelo menos um adulto responsável, que a lei designa como "pai" ou "mãe".

As leis sobre a guarda da criança são a reação da sociedade ao "êxito" ou "fracasso" de uma família em proporcionar às suas crianças um ambiente adequado às suas necessidades. O grau de intervenção estatal no campo privado do relacionamento entre pais e filhos vai desde um mínimo — automática atribuição de uma criança a seus pais biológicos pela certidão de nascimento — a um máximo — remoção de uma criança, por ordem do tribunal, da guarda de seus pais por ter sido descoberto serem estes "negligentes" ou "delinquentes", ou por se saber que são "inaptos" para essa função. O objetivo tradicional destas intervenções é atender "ao maior interesse da criança". Dando sentido a este objetivo, os legisladores reconheceram a necessidade de proteger o bem-estar físico de uma criança sempre que se tratasse de sua guarda. Mas demoraram a compreender e a reconhecer a necessidade de salvaguardar o bem-estar psicológico de uma criança. Enquanto fazem os interesses da criança prevalecerem sobre todos os demais quando seu bem-estar físico está ameaçado, subordinam, às vezes intencionalmente, seu bem-estar psicológico ao direito de um adulto de alegar um laço biológico, por exemplo. No entanto, um bem-estar e o outro têm a mesma importância, e qualquer distinção brusca entre ambos é artificial. *

Sem diminuir a importância dos esforços legais para salvaguardar as necessidades físicas de cada criança, nossa ênfase neste volume, devido à condição da lei, é exclusivamente sobre as necessidades psicológicas da criança. Visando este objetivo, empregamos a teoria psicanalítica para desenvolver diretrizes gerais a serem aplicadas na colocação da criança. Tais diretrizes pretendem proporcionar uma base para a avaliação e revisão críticas do procedimento e substância das decisões, assim como dos estatutos legais. Destinam-se a proporcionar uma estrutura teórica e conceitual, não somente para expor práticas e precedentes impróprios, mas também para compreender e validar muitas decisões corretas mas freqüentemente não seguidas — muitas delas tendo sido tomadas por intuição muito antes da psicanálise. [2]

"A colocação da criança", para os nossos objetivos, é um termo que abrange todas as decisões legislativas, judiciárias e executivas, geral ou especificamente relacionadas ao estabelecimento, administração ou reorganização das relações entre pais e filhos. O termo aplica-se a uma ampla gama de procedimentos legais com vários rótulos, para decidir quem deve ser incumbido de assumir, ou se espera que assuma, a chance e a tarefa de ser "pai" ou "mãe" de uma criança. Tais procedimentos incluem certidão de nascimento, negligência, abandono, espancamento de criança, cuidados, adoção, delinqüência, ofensa ao menor e também custódia em caso de anulação de casamento, separação e divórcio. Tais rótulos, em muitos aspectos reminiscências das formas ridículas de ação do direito consuetudinário, procuraram confundir o erudito, o elaborador de projetos de lei e o profissional liberal quanto a um problema comum a todas essas normas. O problema crucial é o de que maneira e até que ponto a lei pode, através da manipulação do ambiente externo de uma criança, proteger seu crescimento físico e desenvolvimento emocional.

De que maneira, a questão começa aqui, a lei pode assegurar a cada criança uma oportunidade de se tornar membro de uma família na qual

---

* A lei e a prática social têm sido contraditórias em relação à evolução do sentido da infância. A distinção artificial entre bem-estar físico e bem-estar psicológico é uma herança do passado, quando os adultos consideravam as crianças mais como objetos do que como pessoas com seu direito próprio. [1]

A COLOCAÇÃO DA CRIANÇA EM PERSPECTIVA 5

se sinta querida e onde terá a oportunidade, de forma contínua, não somente de receber e retribuir afeto, mas também de expressar raiva e aprender a controlar sua agressividade? A resposta da lei é fácil, automática e dada com absoluta confiança se, ao nascer, a criança é desejada pelos adultos que a conceberam. Mas quando, entre o nascimento e a vida adulta, a guarda de uma criança é objeto de disputa e sujeita aos interesses competitivos e conflitantes dos adultos, a lei acha a resposta mais difícil. Confronta-se com uma decisão altamente complexa que envolve, implícita, quando não explicitamente, uma predição sobre quem, entre várias alternativas existentes, tem mais condições para satisfazer as necessidades psicológicas da criança.

A teoria psicanalítica confirma as limitações substanciais de nossa capacidade para fazer tal predição. Proporciona, ainda, um valioso conjunto de conhecimentos aplicáveis às necessidades da criança, conhecimentos esses que podem ser traduzidos em diretrizes para facilitar a tomada de decisões inevitáveis. Determina, por exemplo, da mesma maneira que os estudos de desenvolvimento feitos por estudantes de outras disciplinas, a necessidade de cada criança de um constante e ininterrupto relacionamento de afeto e estímulo com um adulto. Esses conhecimentos põem em dúvida os procedimentos de adoção, que podem deixar o novo relacionamento criança-pais incerto por muitos anos, e os processos de divórcio, que deixam esse relacionamento incerto durante a infância inteira, na medida em que as decisões de custódia permanecem sujeitas a modificações judiciais. Questionam também as decisões de custódia que dividem a guarda de uma criança entre pai e mãe ou que dão a possibilidade ao pai ou à mãe, não beneficiado com a custódia, do direito de visitar ou forçar a criança a visitá-lo. Tais convites oficiais para mudanças e descontinuidades na vida de uma criança ilustram muito bem como muitas determinações legais se chocam, muitas vezes, contra o objetivo precípuo das próprias decisões — servir ao maior interesse da criança.

Em suma, este volume enfoca o desenvolvimento de diretrizes para a tomada de decisões legais concernentes à seleção e manipulação do ambiente externo de uma criança, como meio de melhorar e suprir o seu mundo interior. Examinamos e damos definições funcionais aos conceitos de criança desejada e às relações biológicas, psicológicas, adotivas, de criação e "adotivas por direito consuetudinário" entre pais e filhos. Atentos às limitações da lei e dos nossos conhecimentos, traduzimos o que sabemos através da psicanálise sobre crescimento e desenvolvimento em diretrizes processuais e substanciais para decidir quanto à guarda de uma criança. Finalmente, aplicamos nossas diretrizes na revisão das decisões judiciais existentes e na elaboração de projetos de lei para um estatuto-modelo de guarda da criança.

Concluímos este capítulo estabelecendo duas prioridades de valor que os autores compartilham. Primeiro, adotamos o ponto de vista de que a lei deve dar importância soberana às necessidades da criança. Esta prioridade reflete mais do que nosso envolvimento profissional. É do maior interesse da sociedade. A cada vez que se quebra um relacionamento inadequado entre pais e filhos, a sociedade põe mãos à obra para encontrar uma pessoa capaz de se tornar um pai ou mãe adequados para as crianças do futuro. Segundo, damos prioridade à privacidade. Salvaguardar o direito dos pais de criarem seus filhos como acharem melhor, livres de interferência governamental, exceto em casos de negligência e abandono, é salvaguardar a necessidade de continuidade de cada criança. Esta preferência por um mínimo de intervenção estatal é reforçada por nosso reconhecimento de que a lei é incapaz de controlar com eficácia, exceto em sentido bastante lato, tão complexo e delicado relacionamento como o que existe entre pais e filhos. Assim, este volume enfoca, antes de mais nada, as guardas de crianças que suscitam dúvidas, quando os adultos envolvidos são incapazes de chegar a um acordo entre eles e recorrem aos processos jurídicos para resolver suas brigas.

Capítulo 2

AS RELAÇÕES DA CRIANÇA COM SEUS PAIS

Por lei, presume-se que as crianças são seres incompletos durante todo o período de seu desenvolvimento. Sua incapacidade de prover as suas próprias necessidades básicas, ou até mesmo de manter a vida sem ajuda substancial, justifica sua automática destinação por certidão de nascimento a seus pais biológicos ou, quando não funciona este relacionamento natural, por força de processos jurídicos, a pais substitutos. Este grupo íntimo de adultos e seus filhos constitui o próprio cerne de uma família. A responsabilidade pela criança, por seu crescimento físico e mental, por sua adaptação final aos padrões da comunidade, torna-se responsabilidade de adultos qualificados em uma família, à qual a criança, por sua vez, é receptiva e na qual é considerada.

Na parte psicológica, o status jurídico da criança é atendido por vários princípios. A dependência mental de uma criança ao mundo adulto dura pelo menos tanto quanto sua dependência física. O desenvolvimento de cada criança se processa em resposta às influências ambientais a que estiver exposta. Suas capacidades emocionais, intelectuais e morais florescem não em um deserto e não sem conflito, dentro de seu relacionamento de família, e este determina suas reações sociais.

Há muitos pediatras, enfermeiras, assistentes sanitários e sociais, supervisores, funcionários de creches escolares, professores e terapeutas de crianças que concordam com tais princípios, e com base neles, concluem que nenhuma criança deve ser abordada, avaliada, tratada, cuidada, ensinada ou corrigida sem se levar em conta as influências de seus pais. Acreditam que, sem o conhecimento da influência dos pais, nem os êxitos e fracassos do desenvolvimento da criança, nem seus ajustamentos ou desajustamentos sociais podem ser vistos à sua verdadeira luz.

Por mais valiosos que sejam tais pontos de vista no contexto geral da psicologia infantil psicanalítica, se usados sozinhos, prestam-se a erros e destacam um lado do desenvolvimento da criança enquanto obscurecem o outro. O problema é que alguns servidores da área da assistência à infância aprenderam bem demais a lição da influência ambiental. Em conseqüência, vêem a criança como um mero complemento acidental do mundo adulto, um receptáculo passivo do impacto dos pais. Tendem a ignorar que as crianças interagem com o seu meio ambiente de acordo com suas características individuais inatas. É esta interação, e não a mera reação, que tem a ver com as incontáveis variações de caráter e personalidade e com as diferenças marcantes entre irmãos, filhos dos mesmos pais, crescendo no seio de uma mesma família. Ver as crianças por um só prisma, que refletiria sua formação, cega o observador para a singularidade de suas características vitais, nas quais suas próprias necessidades específicas de desenvolvimento se baseiam. Ainda assim, sejam quais forem suas diferenças individuais, a constituição mental das crianças geralmente difere da dos adultos nos seguintes pontos:

Ao contrário dos adultos, cujo funcionamento psíquico se processa por linhas mais ou menos fixas, as crianças mudam constantemente de um estágio de crescimento para outro. Mudam em relação à sua compreensão de acontecimentos, à sua tolerância à frustração e às suas necessidades e exigências de cuidados maternos e paternos de amparo, estímulo, orientação e repressão. Tais exigências variam à medida que a criança se desenvolve, amadurece e começa a necessitar de independência, isto é, de gradativa libertação de controle. Como nenhuma das necessidades da criança permanece estável, o que serve num nível aos seus interesses de desenvolvimento, num outro pode ser prejudicial à sua evolução.

De modo diferente dos adultos, que medem a passagem do tempo pelo relógio e o calendário, as crianças têm seu próprio senso íntimo de tempo, baseado na urgência de suas necessidades instintivas e emocionais. Isto resulta em sua grande intolerância a adiamentos de gratificação ou a frustrações e na sensibilidade intensa quanto à duração das separações.

De modo diferente dos adultos, que são geralmente capazes de ver os acontecimentos de forma relativamente realista, as crianças pequenas experimentam os acontecimentos de um modo egocêntrico, isto é, como ocorrendo em relação apenas às suas próprias pessoas. Assim, podem sentir, por exemplo, a simples mudança de uma residência para outra como uma pesada perda que lhes foi imposta; o nascimento de um irmãozinho como um ato de hostilidade dos pais; a preocupação emocional ou a doença do pai ou da mãe como rejeição; a morte do pai ou da mãe como abandono intencional. *

Ao contrário dos adultos, que são geralmente mais capazes de lidar com as incertezas da vida por meio da razão e do intelecto, as crianças são governadas, em grande parte de suas atividades, pelo lado irracional de suas mentes, isto é, pelos seus desejos e impulsos primitivos. Conseqüentemente, reagem a qualquer ameaça contra a sua segurança emocional com fantásticas ansiedades, recusas, ou distorção da realidade, inversão ou deslocamento de sentimentos — reações que não têm condições de serem controladas, e antes colocam-nas à mercê dos acontecimentos.

De modo diferente dos adultos, que são geralmente capazes de manter laços emocionais positivos com vários indivíduos diferentes sem relações entre si ou mesmo hostis uns aos outros, as crianças não têm capacidade para isso. Amarão livremente mais de um adulto somente se os indivíduos em questão sentirem-se positivamente uns em relação aos outros. Não acontecendo isso, as crianças se tornam presas de graves conflitos de lealdade.

Ao contrário dos adultos, as crianças só têm uma certa concepção psicológica de relacionamentos por laços de sangue bem mais tarde em seu desenvolvimento. Para os pais biológicos, o fato de terem gerado, concebido ou dado à luz uma criança produz um compreensível senso de propriedade e posse. Estas considerações nada representam para as crianças que, emocionalmente, não têm consciência dos acontecimentos que levaram a seu nascimento. O que se registra em suas mentes são os intercâmbios do dia-a-dia com os adultos que cuidam delas e que, em sua força, se tornam figuras de pai e mãe a quem estão ligadas.

As crianças, portanto, não são adultos em miniatura. São seres por si mesmos, diferentes dos mais velhos e de sua natureza mental, de seu funcionamento, de sua compreensão de acontecimentos e de suas reações a estes. Este esforço para destacar as diferenças entre adulto e criança, entretanto, não deve obscurecer as enormes variações de qualidade e grau de tais diferenças, não somente entre diferentes crianças, mas também em cada criança individualmente, durante o curso flutuante de seu crescimento e desenvolvimento como membro de uma família.

As famílias, também, tanto no que diz respeito à sua função quanto a seus membros, podem mudar através do tempo e serem diferentes, dependendo da cultura. Mesmo assim, a "família", como a sociedade a define, é geralmente considerada como a unidade fundamental responsável

---

* Da mesma maneira, seu egocentrismo os faz ver outros acontecimentos como ocorrendo exclusivamente em seu próprio benefício. [1]

por e capaz de fornecer a uma criança, ininterruptamente, um meio ambiente que atenda às suas numerosas necessidades físicas e mentais durante a imaturidade. A lei reflete esta expectativa quanto à relação da família com o bem-estar de uma criança. O corpo da criança precisa ser conduzido, alimentado, cuidado e protegido. Seu intelecto precisa ser estimulado e alertado para os acontecimentos a seu redor. Ela precisa de ajuda para compreender e organizar suas sensações e percepções. Precisa de gente para amar, para receber afeto, e servir como alvo seguro da raiva e agressividade infantis. Precisa de assistência dos adultos para dominar e modificar seus impulsos primitivos (sexo e agressividade). Precisa de modelos para identificação, proporcionados pelos pais, para construir uma consciência moral. Tanto quanto qualquer outra coisa, precisa ser aceita, valorizada e querida como membro da família, constituída de adultos e também de outras crianças.

Conquanto todas essas funções — se exercidas por pais em um quadro de família — tenham um papel na socialização da criança, algumas delas atendem a esses objetivos mais diretamente do que as outras:

O pai ou a mãe que alimenta o bebê e coloca-o no berço apresenta uma primeira submissão à rotina de horários; os pais que concedem, mas também recusam satisfações corporais e mentais, ajudam a criança a compreender que nem tudo o que ela quer pode ser-lhe concedido a tempo e a hora. Isso aumenta a capacidade da criança para tolerar adiamentos de gratificações e inevitáveis frustrações.

Os pais, reagindo ao comportamento da criança com elogios e incentivos adequados, ou críticas e dissuasões apropriadas, lançam os primeiros alicerces para o controle que a própria criança irá exercer sobre seus impulsos e desejos, para a atenuação de seu egoísmo e para o começo da consideração pelos outros.

Os pais representam um conjunto de exigências, proibições e atitudes para com o trabalho e a comunidade com os quais a criança pode se identificar.

As experiências com outras crianças na família fortalecem as capacidades que citamos acima, facultam à criança um senso de comunidade e proporcionam, além disso, outras oportunidades para ela formar suas concepções de partilha, eqüidade, honestidade, justiça.

Este quadro da família é ideal, mas nem sempre corresponde à realidade. As crianças nem sempre se desenvolvem de acordo com as expectativas de seus pais. Pode haver atrasos, desvios e paradas em cada aspecto de seu desenvolvimento, e cada uma dessas coisas complica inevitavelmente a reação da criança às influências ambientais. A família pode fazer exigências à criança objetivamente legítimas, e a criança pode, no entanto, por razões subjetivas, não estar pronta para aceitá-las. Assim, as crianças de famílias cujo funcionamento é aparentemente bom podem não ter condições para atender às exigências da sociedade.

Por outro lado, se as famílias funcionam mal, as conseqüências para a adaptação social da criança são muitas:

O cuidado físico com a criança, na primeira infância, no seio da família, pode ser prestado de maneira tão rotineira e insensível quanto em uma instituição, ou, inversamente, pode ser exagerado e ultrapassar as necessidades normais da criança. Nenhum desses casos despertará a reação positiva que é a primeira base primitiva para ulteriores atitudes sociais.

Pode haver tão pouco envolvimento dos pais, mesmo em uma família "completa", que as exigências emocionais da criança ficam insatisfeitas.

Pode haver tão pouco envolvimento do irmão que a criança não aprende a equilibrar seus próprios desejos com os dos outros.

As identidades sexuais dos pais podem ser tão insuficientemente definidas que criam confusões na criança quanto à sua própria identidade sexual.

Os pais podem proporcionar à criança modelos inadequados de identificação.

As famílias podem ser incompletas. A ausência prolongada ou a morte de um dos pais pode colocar a criança em perigo.[2] Fica privada dos benefícios de um relacionamento com dois adultos que têm uma relação íntima um com o outro. A família pode não ter outras crianças, situação essa que pode tornar mais difícil para a criança a aquisição de atitudes de partilha, de dar e receber, que governam a comunidade de iguais.

Mas quando a família exerce sua influência com benevolência, consideração, compreensão e compaixão para cada um de seus membros infantis, as oportunidades de equilíbrio para um desenvolvimento ideal e para adaptação social são muitas. Em tais famílias — tenham elas laços biológicos, adotivos, de criação ou adoção segundo o direito consuetudinário — os adultos são os pais psicológicos e as crianças são desejadas.

É no sentido destes termos e conceitos que agora nos deteremos.

O relacionamento entre pais e filhos biológicos

Os adjetivos "biológico" ou "natural", no uso corrente, designam os pais que na realidade conceberam a criança. Este laço de sangue, como é chamado, dá-lhes o primeiro direito de posse sobre a criança. Tal direito, que é confirmado pela certidão de nascimento, só é invalidado quando a criança é "negligenciada" ou "delinqüente", quando os adultos preferem dar a criança para adoção ou quando são considerados "incapazes" como pais.[3]

Normalmente, o fato físico de terem gerado ou dado à luz uma criança tem um sentido de longo alcance psicológico para os pais como confirmação de suas respectivas identidades sexuais, sua potência e integridade. Daí deriva a inclusão do recém-nascido e bebê no amor-próprio dos pais. O transbordamento deste amor-próprio para a criança leva à supervalorização de seu rebento. Os pais biológicos são dotados de um invariável e instintivamente positivo laço com a criança, embora isso seja freqüentemente desmentido, pela evidência contrária, em casos de infanticídio, espancamento de menor, negligência, maus-tratos e abandono.

O relacionamento dos pais biológicos com a criança é gravemente afetado nos casos em que os adultos em questão rejeitam sua própria identidade masculina ou feminina. Quando o recém-nascido é deficiente, sua própria existência pode se tornar um motivo de vergonha e de sentimento de culpa, ao invés de orgulho, e, para o pai, um descrédito de sua potência.

Em contraste, para a criança, as realidades físicas de sua concepção e nascimento não são a causa direta de sua ligação emocional. Tal ligação resulta da atenção cotidiana às suas necessidades de cuidados físicos, alimentação, conforto, afeto e estímulo. Somente um pai e mãe que atendam a essas necessidades construirão um relacionamento psicológico com a criança, com base no relacionamento biológico e, desta maneira, se tornam seus "pais psicológicos", sob cujos cuidados ela pode se sentir valorizada e "querida". Um pai ou mãe biológicos ausentes serão ou poderão tornar-se um estranho.

O relacionamento psicológico entre os pais e a criança

A ligação psicológica da criança com a figura paterna e materna não é um relacionamento simples, sem complicações, como pode parecer à primeira vista. Ao mesmo tempo que está assentado inevitavelmente na inabilidade infantil de obter seus meios de sobrevivência, varia de acordo com a maneira como a proteção é dada e as necessidades físicas atendidas. Quando isso é feito impessoalmente e com regularidade rotineira, como nas instituições, o bebê pode ficar envolvido com seu próprio corpo e não ter interesse pelo que o cerca.* Quando o adulto incumbido da criança está pessoal e emocionalmente envolvido, uma ação psicológica recíproca entre adulto e criança ocorre como conseqüência dos cuidados corporais. Então

---

* Em casos extremos chega mesmo a perder ou a nunca desenvolver interesse sequer por seu próprio corpo.[4]

AS RELAÇÕES DA CRIANÇA COM SEUS PAIS

o interesse libidinal da criança se voltará pela primeira vez para um objeto humano no mundo exterior.

Essas primeiras ligações primitivas e sutis formam a base a partir da qual todos os relacionamentos posteriores se desenvolvem. O que a criança lhes traz, em seguida, não é mais apenas sua necessidade de conforto e gratificação, mas sim suas exigências emocionais de afeto, companhia e intimidade estimulante. Quando essas coisas são asseguradas confiavelmente e com regularidade, a relação pais e criança se torna firme, com efeitos imensamente produtivos para o desenvolvimento intelectual e social da criança. Quando os cuidados de pai e mãe não são adequados, podem ser acompanhados por deficiências no crescimento mental da criança. Quando ocorrem mudanças das figuras de pai e mãe ou outras interrupções penosas, tornam-se evidentes a vulnerabilidade da criança e a fragilidade do relacionamento. A criança retrocede por toda a linha de suas afeições, habilidades, conquistas e adaptação social. É somente com a evolução rumo à maturidade que as ligações emocionais do jovem superarão essa vulnerabilidade. A primeira substituição, neste aspecto, é a formação de imagens mentais interiores dos pais, disponíveis mesmo quando eles estão ausentes. Segue-se a identificação com atitudes do pai e da mãe. Quando se tornam propriedade da criança, essas atitudes asseguram estabilidade dentro da sua estrutura interior.

Como o protótipo de uma verdadeira relação humana, o relacionamento psicológico pais e criança não é totalmente positivo e tem sua dose de elementos negativos. Ambos os parceiros contribuem, combinando sentimentos amorosos e hostis que caracterizam a vida emocional de todos os seres humanos, sejam eles maduros ou imaturos. O equilíbrio entre sentimentos positivos e negativos varia com o correr dos anos. Para as crianças, tudo culmina na luta inevitável e potencialmente construtiva com seus pais durante a adolescência.

O fato de qualquer adulto vir a ser o pai ou a mãe psicológicos de uma criança se baseia, portanto, na interação cotidiana, no companheirismo de cada dia e na partilha de experiências. O papel pode ser exercido seja por pais biológicos, adotivos ou por qualquer outro adulto que tenha a responsabilidade de cuidar da criança — mas nunca por um adulto ausente, inativo, seja qual for o seu relacionamento com a criança, biológico ou legal.

As melhores qualidades da personalidade de um adulto não dão por si mesmas qualquer certeza de um resultado satisfatório se, por qualquer razão, a necessária ligação psicológica estiver ausente. As crianças podem também ficar profundamente ligadas a pais com personalidades pobres ou instáveis e podem progredir emocionalmente dentro desse relacionamento na base de ligação mútua. Quando o laço é com adultos "inaptos" como pais, o apego a eles e especialmente a identificação com eles pode deixar de ser um benefício e se tornar uma ameaça. Em casos extremos, essa situação exige intervenção estatal. Não obstante, no que concerne às emoções da criança, a intervenção na ligação, seja com pais psicológicos "aptos" ou "inaptos", é extremamente penosa.

A criança desejada

O relacionamento psicológico pais-criança permanece incompleto quando é, emocionalmente, de apenas uma das partes. O fato de ser o pai ou a mãe uma figura essencial para os sentimentos da criança precisa ser complementado pela mesma condição da criança na vida emocional dos pais. Somente uma criança que tenha pelo menos uma pessoa a quem possa amar e que também se sinta amada, valorizada e querida por essa pessoa, desenvolverá uma auto-estima sadia. Ela pode então se tornar confiante em suas próprias oportunidades de realização na vida e convicta de seu próprio valor humano. Quando falta desde o começo essa atitude ambiental positiva para com o bebê, as conseqüências para a sua infância e para a vida adulta são óbvias. Revelam-se no pouco-caso do indivíduo pelo bem-estar de seu próprio corpo ou por sua aparência física, por seus trajes ou pela imagem que deve apresentar a seus semelhantes. O que ficou afetado foi o amor e a consideração por si mesmo e, conseqüentemente, sua capacidade de dedicar amor e cuidados aos outros, inclusive aos seus próprios filhos.

Os bebês nascidos de uma gravidez indesejada têm portanto, desde o berço, poucas probabilidades de um crescimento e desenvolvimento sadios, com exceção daqueles que não permanecem indesejados depois do nascimento, mas que conseguem ganhar o amor de seus pais por sua mera existência, ou daqueles que são imediatamente colocados em companhia de adultos amorosos ao nascerem.

Os bebês e as crianças colocados em instituições, em uma família adotiva ou de criação, ao invés de serem queridos por sua própria família, têm uma óbvia desvantagem. Por mais desprovidos que sejam de qualidades benéficas, os pais psicológicos oferecem à criança a chance de se tornar um membro querido e necessário no seio de uma estrutura familiar; em geral, isso não acontece nem mesmo nas instituições onde não faltam cuidados, segurança e incentivos, mas onde a criança individualmente não tem pais psicológicos.

Ser querida deixa de ser benéfico quando o "querer" a criança não se baseia na reciprocidade de sentimentos e no reconhecimento das características pessoais da própria criança. Esta fica em perigo sempre que o interesse do adulto por ela se baseia unicamente, ou sobretudo, em motivos tais como o desejo de obter alguma vantagem financeira; de sobrepor-se a um parceiro rival após o divórcio; de forçar a casamento um parceiro sexual relutante; de consolidar um relacionamento conjugal inseguro; ou de substituir um filho que morreu.

Ser querido também deixa de ser benéfico quando a necessidade que os adultos têm da criança e o valor que lhe atribuem são exagerados e pouca, ou nenhuma, retribuição é esperada da parte dela. Tais crianças, na verdade, tiram proveito disso na medida em que sua auto-estima está envolvida. Tornam-se, quando muito, seguras demais, satisfeitas apenas consigo mesmas e egoístas. Podem também se tornar mal-educadas no trato social, já que não se sentem obrigadas a obter a aprovação de seus pais quanto ao domínio de seus impulsos e desejos primitivos.

O relacionamento entre pai adotivo e criança

O termo "pai adotivo" designa um adulto que não é o pai biológico, mas a quem o Estado outorgou completa responsabilidade paterna. A adoção legal cancela os direitos legais dos pais biológicos.[5] Segundo a lei vigente, para salvaguardar seus interesses, mesmo nos casos em que estes contrariem os interesses da criança, o consentimento paterno ou o abandono dos pais constituem fator preliminar essencial para a adoção.[6]

A adoção durante as primeiras semanas de vida de um bebê dá aos pais adotivos oportunidade igual à dos pais biológicos de desenvolverem um relacionamento psicológico com a criança. Essa oportunidade se reduz quando a adoção ocorre mais tarde, depois que o bebê ou a criança pequena teve outras colocações anteriores, onde formou ligações, rompeu laços, ou experimentou separações. Também é reduzida pela exigência legal de um período de experiência antes de se concluir a adoção. Devido à incerteza dessa situação, os pais podem hesitar, durante esse período, em se comprometer totalmente com a criança.[7]

Os termos da adoção legal não constituem garantia de que os adultos adotantes irão se tornar os pais psicológicos ou de que a criança adotada venha a ser uma criança querida. Isso depende em grande parte das motivações da adoção, que vão desde o mero fato de não ter filhos (por qualquer razão) ao desejo de substituir um filho que morreu, arranjar companhia para um filho único, salvar um órfão ou criança abandonada, ter um herdeiro, estabilizar um casamento, ou realizar uma fantasia consciente ou inconsciente. A capacidade de ser pai ou mãe pode se desenvolver facilmente diante do desamparo e da dependência de uma criança pequena, apesar do fato de lhe faltar a preparação dos nove meses de gestação. Os relacionamentos podem ser negativamente influenciados quando a presença de uma criança adotada lembra constantemente aos pais sua incapacidade de conceber seus próprios filhos.

Os pais adotivos desejam freqüentemente que a criança adotada cresça segundo sua própria imagem, atitude essa que pode refletir-se nas tentativas das agências de adoção de que as crianças "se pareçam" com seus pais adotivos no que diz respeito a feições, formação social e possíveis fatores hereditários. [8]

As agências de adoção aconselham que as crianças sejam informadas da sua condição de adotadas. Essa informação tem um impacto que varia de acordo com a idade. A criança pequena tende a ignorá-la, mesmo quando é informada repetidamente, e a desenvolver suas ligações com seus pais psicológicos como uma criança desejada. As mais velhas usam a informação de maneira mais ou menos ampla, dependendo de seus conflitos de desenvolvimento com seus pais. Sempre que estão decepcionadas com eles, ou que aprendem a apreciá-los realisticamente, os pais adotivos são comparados com uma imagem de fantasia dos pais biológicos, mesmo que estes tenham ficado pouco tempo na mente infantil. Os adolescentes freqüentemente fazem uma pesquisa quanto a seus pais perdidos e desconhecidos, como medida preliminar para conquistar a independência de qualquer autoridade paterna e alcançar a maturidade. [9]

O relacionamento entre pai de criação e criança

O termo pai de criação é usado para qualquer adulto que recebe "a guarda" de uma criança, quer de um órgão social estatal, quer de um serviço de assistência reconhecido. [10] Os termos sob os quais tais incumbências são dadas variam de acordo com as somas de remuneração financeira, assim como segundo os serviços esperados. Estes serviços vão desde os puramente físicos e materiais aos psicológicos, tais como a criança "receberá alimentação suficiente e adequada, e cama"; "oportunidade de freqüentar escola e práticas religiosas"; "receber cuidados médicos"; "não lhe será exigido que realize trabalho impróprio para sua idade e força"; e "receberá todos os benefícios emocionais de um verdadeiro membro da nova família". Outras variações dizem mais respeito à orientação a ser dada, visitas de seus pais biológicos, recebimento de algum dinheiro, detalhes para recreação ou atividades diárias.

Não obstante, os acordos feitos com pais de criação geralmente insistem em duas condições importantes:

que a criança em questão seja colocada apenas como pensionista *temporária* e em base de vigilância, e não colocada com a família de criação para adoção;

que o órgão estatal ou o serviço de assistência social tenha o direito de remover a criança a qualquer momento do lar de criação e que, com essa remoção, fique cancelado imediatamente o acordo inicial. [11]

A adesão a esses termos tem inquestionáveis conseqüências para o relacionamento criança-pai de criação.

No que diz respeito aos adultos, implica em uma advertência contra qualquer envolvimento mais profundo com a criança, pois sob tais circunstâncias de insegurança, isso seria considerado anormal. [12] Além disso, eles se acham destituídos da posição na qual se baseiam, de um modo geral, a tolerância, a paciência e o devotamento paternos, principalmente da posição de serem os únicos incontestáveis possuidores da criança e supremos árbitros do seu destino. O que é deixado de lado, além do fato do cumprimento consciencioso de uma tarefa uma vez aceita, é o apelo feito por um ser imaturo frágil à atenção do adulto maduro. Pode-se contar com esta reação em várias ocasiões, mas, compreensivelmente, na maioria das vezes, somente em se tratando de um bebê ou de uma criança bem nova. Este apelo é relativamente inexistente na criança mais velha que é, por um lado, menos frágil, e por outro, em muitas coisas, mais importuna.

Quanto à criança de criação, virá a sentir, pelo menos depois da primeira infância, a transitoriedade e a insegurança de sua situação, que se choca contra sua necessidade de constância emocional. Sentir-se-á sob os cuidados de pais que não são de modo algum "onipotentes", mas que só têm um poder parcial de protegê-la e controlar o seu destino. Se seus pais biológicos a visitarem, achará difícil reagir a dois conjuntos de pais por mais do que um curto período de tempo, sua duração dependendo da idade e do estágio de desenvolvimento psicológico da criança.

Em suma, pelos termos do acordo, o relacionamento da criança com seus pais de criação tem pouca probabilidade de promover o relacionamento psicológico pais-criança desejada. Tal fato invalida as próprias intenções da decisão de trocar o tratamento de uma instituição profissional pelo tratamento familiar. Quando os pais de criação atendem à advertência feita e desempenham sua tarefa com as reservas implicadas em uma atitude semiprofissional, despertam também na criança uma resposta fraca, muito inexpressiva para atender às necessidades de desenvolvimento emocional do bebê, ou às necessidades das crianças mais velhas de relacionamento e identificação. Além do mais, e isto serve para explicar os freqüentes rompimentos de contratos de criação, os laços emocionais dos adultos com as crianças ficarão tão frouxos que se romperão sempre que circunstâncias externas tornarem a presença do filho de criação inconveniente e penosa no lar.

Em um outro sentido, o sistema criação falha nos casos em que os adultos excedem o papel que lhes é atribuído, isto é, quando se envolvem totalmente com a criança sob seus cuidados. Com a criança mostrando-se sensível e se sentindo verdadeiramente querida, os adultos passam da posição de pais de criação para a de pais psicológicos. Mesmo que sua pretensão para adoção legal seja negada em juízo, o que eles podem se tornar de fato é pais por "direito consuetudinário de adoção", o que, defenderíamos, merece reconhecimento.[13]

Atualmente, as colocações junto a pais de criação são também usadas em emergências, quando as crianças precisam de cuidados por incapacidade temporária de seus pais, biológicos ou adotivos, causada por exemplo por acidentes, doença, partos, ou em situações especiais nas quais existe uma finalidade, como "preparação para adoção". Obviamente, estas colocações a curto prazo não implicam qualquer verdadeira tarefa de pais, e nem mesmo pode-se esperar que a limitada ligação pais-criança, que torna bem-sucedido o relacionamento de criação, se desenvolva. Quando a criança é meramente cuidada para os outros, têm de ser empregadas técnicas especiais, seja para manter vivas na mente da criança as ligações existentes, seja para preparar o caminho, dentro do possível, para as ligações futuras.[14]

O relacionamento dos pais adotivos por direito consuetudinário com a criança

O termo "pais adotivos por direito consuetudinário" não tem uso corrente em direito.[15] Empregamos o termo para designar os relacionamentos psicológicos pais-criança que se processam fora da colocação por adoção formal ou da atribuição inicial de uma criança a seus pais biológicos. Esses relacionamentos podem se desenvolver quando os pais, sem recorrer a qualquer processo legal, deixam seu filho com uma pessoa amiga ou um parente, por um grande período de tempo.[16] Além disso, como já foi dito, os pais de criação, que vivem o dia-a-dia com a criança e que respondem ao envolvimento emocional da criança, podem, por sua vez, envolver-se totalmente e aparecer diante do juiz para pleitear o direito de serem considerados como adotivos. Tais reivindicações são muitas vezes disputadas pelos órgãos de serviço social, em seu próprio nome ou no dos pais biológicos.

O que se julga nesses casos é uma situação em que estão presentes e ativos efetivamente todos os elementos psicológicos implicados em um relacionamento pais-criança. É um estado de coisas idêntico à adoção bem-sucedida em todos os sentidos, exceto no legal — de fato, uma "adoção por direito consuetudinário". Quando o reconhecimento legal é negado e a criança removida, a interrupção forçada do relacionamento, além de causar sofrimento aos adultos, faz com que a criança experimente um sofrimento emocional e um retrocesso no desenvolvimento que se processava. Tais reações não diferem das que são causadas pela separação ou morte dos pais naturais ou adotivos.

Com base em nossos conhecimentos de psicanálise e direito, procuramos neste capítulo definir alguns termos e conceitos básicos a partir dos quais se possam construir diretrizes para a colocação da criança. Estas diretrizes podem ser aplicadas a decisões que dizem respeito a práticas jurídicas tão diversas quanto a adoção, a custódia em divórcios e separações, a negligência e os cuidados de criação.[17] Ao nos voltarmos para uma formulação e um debate dessas diretrizes, é importante acentuar que tais conceitos abrangem relacionamento muito complexos.[18] Os termos só serão úteis se empregados cuidadosamente. Não devem tornar-se sinais taquigráficos que de certa forma escondem a complexidade e a sutileza dos processos interpessoais que temos procurado descrever.

SEGUNDA PARTE

AS DIRETRIZES E SUAS IMPLICAÇÕES PARA AS LEIS DE COLOCAÇÃO DA CRIANÇA

Capítulo 3

A CONTINUIDADE, O SENTIDO DE TEMPO DE UMA CRIANÇA E OS LIMITES DA LEI E DA PREDIÇÃO

Propomos três componentes nas diretrizes para a tomada de decisões quanto à determinação da guarda e ao processo de colocação de uma criança em uma família ou em um ambiente alternativo. Estas diretrizes baseiam-se na crença de que as crianças cuja colocação se torna objeto de controvérsia devem ter oportunidade de serem colocadas junto a adultos que sejam ou tenham condições de se tornarem seus pais psicológicos.

As decisões de colocação devem salvaguardar a necessidade da criança de continuidade nas relações

A continuidade nas relações, ambientes e influência ambiental são essenciais para o desenvolvimento normal de uma criança. Como esses fatores não desempenham posteriormente o mesmo papel, sua importância é muitas vezes subestimada pelo mundo adulto.

O crescimento físico, emocional, intelectual e moral não ocorre sem causar inevitáveis dificuldades interiores à criança. A instabilidade de todos os processos mentais durante o período de desenvolvimento precisa ser contrabalançado pelo apoio ininterrupto de estabilidade vinda de fontes exteriores. O crescimento normal é detido ou interrompido quando reviravoltas e mudanças no mundo exterior se somam às do mundo interior.

As interrupções de continuidade têm diferentes conseqüências para as diferentes idades:

Na *primeira infância*, do nascimento a cerca de 18 meses, qualquer mudança de rotina provoca recusas de alimento, distúrbios digestivos, dificuldades de sono e choro. Tais reações ocorrem mesmo quando os cuidados com o bebê são tarefa simplesmente dividida entre mãe e babá. São muito mais fortes quando o dia da criança se divide entre o lar e a creche; ou quando os bebês são deslocados da mãe para uma instituição; da assistência de uma instituição para os cuidados de criação; da criação para adoção. Cada passo desse tipo traz consigo inevitavelmente mudanças nas maneiras como a criança é manipulada, alimentada, colocada no berço, confortada. Tais mudanças do familiar para o não-familiar causam desconforto, sofrimento, atrasos na orientação do bebê e na sua adaptação ao seu meio ambiente.

Para os bebês e as crianças pequenas a mudança da pessoa que cuida também afeta o curso de seu desenvolvimento emocional. Nessa idade, suas ligações são inteiramente abaladas por separações, assim como são promovidas com eficácia pela constante, ininterrupta presença e atenção de um adulto da família. Quando os bebês e crianças pequenas são abandonados pelo pai e pela mãe, não somente sofrem a dor e ansiedade da separação, mas também reveses na qualidade de suas ligações seguintes, nas quais confiarão menos. Quando a continuidade desses relacionamentos é quebrada mais de uma vez, como acontece devido a muitos deslocamentos nos primeiros anos de vida, as ligações emocionais das crianças se tornam cada vez mais superficiais e indiscriminadas. Elas tendem a crescer como pessoas que não têm calor em seus contatos com seus semelhantes.

Para as crianças pequenas de menos de cinco anos, cada quebra de continuidade também afeta as conquistas que estão enraizadas e que se desenvolvem no íntimo intercâmbio com uma figura estável de pais, em vias de se tornarem pais psicológicos. Quanto mais recente for a conquista, mais fácil será para a criança perdê-la. Exemplos disso são o esmero na limpeza e a fala. Após a separação da mãe, da família, sabe-se que as crianças pequenas relaxam o hábito do asseio e perdem ou vêem reduzida a sua habilidade de se comunicar verbalmente.[1]

Para as *crianças em idade escolar*, as interrupções em seus relacionamentos com seus pais psicológicos afetam sobretudo as conquistas que se baseiam na identificação com as exigências, proibições e idéias sociais dos pais. Tais identificações somente se desenvolvem quando as ligações são estáveis e tendem a ser deixadas de lado pela criança quando esta se sente abandonada pelos mencionados adultos. Desta maneira, quando as crianças são levadas a vagar de um ambiente para outro, podem deixar de se identificar com quaisquer pais substitutos. O ressentimento com os adultos que as decepcionaram no passado as faz adotarem a atitude de não ligar para ninguém; ou de fazerem os novos pais de bodes expiatórios dos erros dos primeiros. De qualquer forma, as múltiplas colocações nessa idade fazem com que muitas crianças fiquem fora do alcance da influência educacional e vêm a ser causa direta de comportamentos que as escolas consideram indisciplina e os tribunais classificam como marginais, delinqüentes, ou mesmo criminosos.²

Com os *adolescentes*, a observação superficial de seu comportamento pode dar a idéia de que o que eles desejam é a interrupção das relações com pai e mãe, e não sua preservação e estabilidade. Mas tal impressão pode ser mal interpretada nessa forma simplista. É verdade que a revolta deles contra qualquer autoridade dos pais é normal no que se refere ao seu desenvolvimento, já que é essa a maneira de o adolescente agir no sentido de estabelecer sua própria identidade independente daquela do adulto. Porém, para um resultado feliz, é importante que os cortes e interrupções de ligação partam exclusivamente do jovem e não lhe sejam impostos sob qualquer forma de abandono ou rejeição por parte dos pais psicológicos.

Os *adultos* que, quando crianças, sofreram quebras de continuidade, podem eles próprios, "identificando-se" com seus muitos "pais", tratar seus filhos da mesma maneira como foram tratados — continuando um ciclo de alto preço tanto para uma nova geração de crianças quanto para a própria sociedade.³

Desta maneira, a continuidade é uma diretriz, porque as ligações emocionais são fracas e vulneráveis na vida que se inicia e precisam da estabilidade de fatores externos para seu desenvolvimento.

Implicações

Algumas das implicações dessa diretriz para as leis de adoção, custódia e cuidados de criação são de que cada colocação de criança seja definitiva e incondicional e que, na dúvida de colocação definitiva, uma criança não deve ser deslocada de acordo com cada decisão tentada. Isso quer dizer que qualquer colocação de criança, exceto quando especificamente destinada a breve responsabilidade temporária de assistência, deve ser tão permanente quanto a colocação de um recém-nascido junto a seus pais biológicos.

Adoção

Desde que definitiva, a adoção é incondicional, estando assim conforme a nossa diretriz de continuidade. Contudo, o período comum de espera de um ano entre a colocação da criança com a família adotiva e a ordem final de adoção se choca com essa diretriz. O "período de espera" é, como o nome indica, um período de incerteza para o adulto e para a criança.

É um período de experiência, dificultado por visitas de investigação e pelo medo de interrupção. Não é, como deveria ser, um período de plena oportunidade para desenvolver ligações seguras e estáveis.

Para o Estado, o período de espera pode fornecer uma oportunidade de interromper relacionamentos em desenvolvimento por motivos que não justificariam a intrusão em qualquer relacionamento permanente entre pais e criança.[4] Para alguns pais adotivos, esse período pode ser um tempo em que colocam a criança à "prova", uma intolerável desvantagem para iniciar tão delicado relacionamento. Pode até mesmo tentar alguns pais adotivos (e para algumas crianças adotadas) a não permitirem que se desenvolva a nova relação. Além disso, para as famílias que, ao tempo da adoção, já incluem outras crianças, saber que o Estado pode retirar a nova criança é se sentir sob uma ameaça. E nos casos em que o medo ou desejo de que o novo irmão ou a nova irmã seja retirado se realiza de fato, é incalculável o impacto prejudicial à saúde e bem-estar da criança que já é um membro da família.

Propomos, portanto, que a ordem de adoção seja definitiva a partir do momento em que a criança é colocada na família adotante. Para estar de acordo com a diretriz de continuidade, isso significa que o ato de adoção deve ser tão definitivo quanto uma certidão de nascimento, sem estar sujeito a nenhuma supervisão nem impugnação especial da parte do Estado ou órgão. *

A certeza de colocação definitiva deve tornar todos os participantes mais conscientes do que muitas vezes parecem ser na prática atual das implicações das decisões de colocar uma criança sob adoção e, para uma família, de adotar uma criança. Além do mais, da mesma maneira que para todas as colocações "definitivas", seja por certidão de nascimento ou por adoção, os "maus-tratos", "negligência" e "abandono", por exemplo, podem determinar a intervenção do Estado. Porém, mesmo estas práticas de colocação devem considerar a diretriz de continuidade para decidir se deve ser alterado um relacionamento existente. As vantagens de manter relacionamentos "imperfeitos" funcionando devem ser avaliadas, mesmo nos casos de negligência, em relação às colocações alternativas de que se pode lançar mão.

Finalmente, deve-se observar que todos os problemas de continuidade, que podem ser atribuídos ao período de espera, são agravados pela demorada oportunidade de apelação após uma decisão final. Uma parte insatisfeita ou um adulto desistente que retira o consentimento pode, ao

---

* Se os pais adotantes mudarem de idéia, podem, da mesma maneira que os pais biológicos, recorrer ao Estado para proceder às medidas destinadas a dar à criança uma outra oportunidade de ser colocada.[5]

procurar revisão de processo, estender por anos e anos a incerteza. Não propomos, como fazemos para o período de espera, que não haja período durante o qual o direito de apelar seja protegido. Mas a diretriz de continuidade manda que o período de apelação seja drasticamente reduzido, proposta que iremos discutir mais tarde em relação a uma diretriz sobre o sentido especial de tempo para uma criança.[6]

Custódia no divórcio e na separação

A colocação da criança nos processos de divórcio e separação nunca é definitiva e é muitas vezes condicional. A falta do caráter decisivo, que deriva da retenção judicial de jurisdição sobre suas decisões de custódia, é um convite a impugnações de uma parte insatisfeita, alegando mudança de circunstâncias. Essa ausência de caráter decisivo, aliada ao concomitante aumento de oportunidades para apelação, entra em conflito com a necessidade de continuidade que a criança sente. Da mesma maneira que na adoção, uma ordem de custódia deve ser decisiva, isto é, não ser sujeita a modificação.[7]

Uma razão para retenção de jurisdição contínua por parte do tribunal é que as ordens de custódia podem ser dadas em condições tais como um requerimento para envio da criança a uma escola religiosa ou para fazer exames médicos regulares. A obrigação de forçar tais condições dá azo a interrupções de partes insatisfeitas que reclamam violação. Além disso, certas condições como visitas podem constituir elas próprias fonte de descontinuidade.[8] As crianças têm dificuldade em se relacionar positivamente, aproveitar e manter o contato com pai e mãe psicológicos que não estão em contato positivo um com o outro. Os conflitos de lealdade são comuns e normais em tais condições e podem ter consequências devastadoras, destruindo os relacionamentos positivos da criança com pai e mãe. Um pai ou mãe que "visita" ou que é "visitado" tem pouca chance de servir como verdadeiro objeto de amor, confiança e identificação, já que esse papel se baseia em estar presente de modo ininterrupto no dia-a-dia.

Uma vez decidido se é o pai ou a mãe que fica com a custódia,* é ele ou ela, e não o tribunal, que deve resolver em que condições ele ou ela deseja criar a criança. Desta maneira, a parte não encarregada da custódia não tem nenhum direito com base legal de visitar a criança, e a parte que tem a custódia deve ter o direito de decidir se é desejável para a criança receber tais visitas.[9] O que ficou dito se destina a proteger a segurança de um relacionamento em andamento — o que existe entre a criança e o pai ou a mãe que tem a custódia. Ao mesmo tempo, o Estado não provoca

---

* Esta determinação pode ser tomada seja por acordo entre os pais que se divorciam, seja pelo tribunal no caso de ambos quererem ficar com a custódia.

nem quebra o relacionamento psicológico entre a criança e a outra parte não encarregada da custódia, que os adultos interessados podem ter posto em risco. Cabe-lhes o que somente eles podem resolver em última instância. * [10]

Mesmo que todas as decisões de custódia fossem incondicionais, a diretriz de continuidade ditaria outra alteração de procedimento. Na apelação para revisão da decisão final, a criança não deve ser movida de cá para lá entre as partes em litígio somente para atender a decisões que podem ser experimentais. [11]

Colocações de criação e outras temporárias

Nas colocações de criação e outras menos formais, porém temporárias, a diretriz de continuidade deve inspirar o desenvolvimento de práticas e oportunidades de colocação temporária para a manutenção das relações entre a criança e o pai ou a mãe ausente. Desta maneira, as colocações de criação, ao contrário das permanentes, devem ser condicionais. [12] Isto não quer dizer que os pais de criação devem ficar de fora, sem se envolverem. [13] Nem significa que os cuidados de criação devam ser usados como meio de evitar que a criança crie um laço positivo com os adultos que a criam "temporariamente", para isso mudando constantemente de ambiente de criação com o propósito de resguardar o direito de reivindicação de um adulto. [14] Porém, uma vez rompido o primeiro laço, as colocações de criação ou qualquer outra colocação temporária não podem mais ser consideradas temporárias. Podem se transformar em relacionamentos psicológicos entre os pais e a criança, o que, de acordo com a diretriz de continuidade, merece reconhecimento como uma adoção por direito comum.

A escolha entre adoção e cuidados de criação a longo prazo é complexa e envolve muitos fatores. Um deles é garantir ajuda financeira aos pais de criação [15], enquanto os pais adotivos não recebem qualquer subsídio. Assim, o reconhecimento das adoções por direito consuetudinário pode ser fortalecido garantindo-se a adoção subsidiada [16] como alternativa para os cuidados de criação a longo prazo ou em instituição assistencial.

As decisões de colocação devem refletir o sentido de tempo das crianças e não dos adultos

O sentido de tempo de uma criança, como parte integrante do conceito de continuidade, requer consideração independente. O intervalo de separação entre os pais e a criança, que poderia constituir uma quebra de continuidade para um bebê, por exemplo, teria pouca ou nenhuma importância

---

* Para maiores detalhes sobre o item visitas, ver Epílogo.

para a criança em idade escolar. O tempo que leva para interromper uma velha ligação ou formar uma nova depende dos diferentes sentidos que o tempo tem para as crianças, em cada estágio de seu desenvolvimento.

Diferentemente dos adultos, que aprenderam a prever o futuro e assim a saber esperar, as crianças têm um senso interior de tempo baseado na urgência de suas necessidades instintivas e emocionais. À medida que a memória de uma criancinha começa a incorporar a maneira pela qual os pais satisfazem seus desejos e necessidades, bem como a experiência do reaparecimento dos pais depois de seu desaparecimento, a criança vai desenvolvendo gradativamente a capacidade de esperar gratificação e de prever e planejar o futuro.

Emocional e intelectualmente, o bebê e a criança nova não podem esticar sua espera por mais de uns poucos dias sem que se sintam oprimidas pela ausência dos pais. As crianças pequenas não conseguem cuidar de si mesmas fisicamente, e sua memória emocional e intelectual não está suficientemente amadurecida para permitir-lhes usar o pensamento para se agarrar à figura do pai ou mãe perdidos. Durante tal ausência, para a criança de menos de dois anos de idade, o novo adulto que atende às suas necessidades físicas é assimilado "rapidamente" * como o pai ou mãe psicológicos potenciais. A substituição, embora ideal, pode não ser capaz de curar completamente, sem deixar cicatrizes emocionais, o dano causado pela perda. [17]

Para a maioria das crianças de menos de cinco anos, ausência dos pais por mais de dois meses está igualmente além de sua compreensão. Para a criança em idade escolar mais nova, uma ausência de seis meses ou mais pode ser experimentada de maneira semelhante. Mais de um ano sem os pais e sem sinal de que há atenções e preocupações por parte deles, é coisa que não tem possibilidade de ser entendida pela criança em idade escolar mais velha e terá as implicações prejudiciais dos cortes de continuidade que já descrevemos. Depois de bem entrada a adolescência, o sentido de tempo de um indivíduo está bem próximo do que tem a maioria dos adultos.

Assim, o sentido da passagem do tempo para a criança depende da parte da mente que faz a medição. Pode ser a parte sensível, racional, que aceita as leis do mundo exterior, ou a parte impulsiva, egocêntrica, que ignora as coisas em torno e que está voltada exclusivamente para a busca do prazer. A criança pequena parte, desta última forma, de seus impulsos, sendo incapaz de tolerar atrasos e esperas. O protelamento de ações e a previsão das conseqüências são adquiridos muito gradativamente, acom-

---

* Devemos estar atentos ao fato de que as palavras de tempo tais como "rapidamente" exprimem o sentido que têm para um adulto. Se fosse um bebê o autor do texto, teria escrito: "assimilado após um *prolongado período* de tempo".

panhando o amadurecimento da personalidade. Uma criança experimentará um dado período de tempo não de acordo com sua duração real, medida objetivamente pelo calendário e o relógio, mas de acordo com seus sentimentos puramente subjetivos de impaciência e frustração. Estes sentimentos decidirão se os intervalos destinados à alimentação, ou à ausência da mãe, ou à duração da hospitalização, etc., parecerão à criança curtos ou longos, toleráveis ou intoleráveis e, a partir daí, se serão prejudiciais ou não em suas conseqüências.

A importância das ausências dos pais depende, portanto, de sua duração, freqüência e do período de desenvolvimento durante o qual ocorrem. Quanto mais nova a criança, mais curto é o intervalo para que uma saída seja sentida como uma perda permanente, acompanhada de sentimentos de desamparo e de grande perda. Como o sentido de tempo de uma criança está diretamente relacionado com a sua capacidade de enfrentar quebras de continuidade, torna-se um fator para se determinar se, quando e com que urgência a lei deve agir.

Implicações

A diretriz sentido de tempo da criança exigiria das autoridades agirem com "toda a rapidez deliberada" para maximizar a oportunidade de cada criança, seja para restaurar a estabilidade em um relacionamento existente, seja para facilitar o estabelecimento de novos relacionamentos que venham a "substituir" os antigos. As decisões processuais e importantes nunca devem ultrapassar o tempo que a criança a ser colocada suporta a perda e a incerteza.

Os tribunais de justiça, os serviços sociais e todos os adultos interessados na colocação da criança devem reduzir de muito o tempo que levam para tomar uma decisão. Enquanto o gasto de tempo é muitas vezes corretamente equilibrado em relação à assistência, julgamento consciencioso e à certeza de justiça, também muitas vezes reflete cargas grandes e pesadas demais ou recursos aplicados com ineficácia. Seja qual for a causa do dispêndio de tempo, os males e os benefícios da demora para a criança devem ser bem avaliados. Nossa diretriz leva em consideração apenas a demora exigida para um julgamento sensato. Quando dizemos julgamento sensato, não queremos dizer certeza de julgamento. Queremos dizer apenas o mais razoável que possa ser feito dentro do tempo disponível — medido segundo o sentido de tempo da criança. Portanto, para evitar um dano psicológico irreparável, a colocação, quando litigiosa, deve ser tratada com o caráter de emergência que tem para a criança. *

---

* Três meses podem não ser nada para o adulto que toma a decisão. Para a criança nova pode ser uma eternidade.

A CONTINUIDADE DAS RELAÇÕES

Os procedimentos para colocação de criança não se destinam a assegurar uma imediata decisão definitiva. O processo se caracteriza por extensos períodos de incerteza causados pelos organismos burocráticos, sobrecarregados de trabalho e de precauções; pelos tribunais cheios de causas pendentes a serem julgadas, de audiências longas e proteladas; e por juízes que são dados a adiamentos até poderem emitir suas decisões em juízo ou em apelação.[18] No entanto, quando o bem-estar *físico* de uma criança ou de um adulto podem ficar em perigo com a demora, ou quando a demora pode causar dano irreparável para a segurança nacional, ou para o direito de uma pessoa à educação, à propriedade ou à liberdade de expressão, tanto os organismos administrativos quanto os judiciais têm demonstrado sua capacidade, quando não sua obrigação, de emitir determinações prontas e definitivas.[19] Quando, por exemplo, os pais recusam autorização para uma transfusão de sangue ao seu filho mortalmente enfermo, os hospitais e tribunais podem se movimentar, e se movimentam de fato, com grande rapidez e flexibilidade, dando a tais casos toda a prioridade. Os juízes podem agir em questão de horas, depois que um requerimento é feito para a decisão — podem até conduzir suas audiências sobre o caso num leito de hospital.[20] Os casos de transfusão de sangue podem ser vistos como os casos de colocação de uma criança em caráter de emergência, por período temporário e finalidade restrita. Mas o modelo de um esquema processual para se tratar de todas as colocações de criança como emergências pode ser mais facilmente tirado de outro universo. A fim de evitar prejudicar irreparavelmente o direito constitucional de um exibidor de cinema à livre expressão, a Suprema Corte dos EUA exarou o seguinte:

> Para este fim, assegure-se ao exibidor ... que a Censura emita, dentro de um prazo especificamente breve, uma permissão, ou recorra ao tribunal para sustar a exibição do filme. Qualquer impedimento imposto por antecipação a um pronunciamento final sobre os méritos deve igualmente restringir-se à preservação do status quo para o mais curto prazo compatível com uma justa decisão judicial.[21]

Se o tribunal adotasse essa posição para salvaguardar a sanidade psicológica de uma criança, diria o seguinte:

> Para este fim, assegure-se à criança que o órgão encarregado de colocação resolva, dentro de um prazo especificamente breve, não impugnar a colocação atual, ou recorrer ao tribunal para arranjar uma nova colocação. Qualquer colocação temporária, imposta por antecipação de um pronunciamento final sobre os méritos, deve igualmente restringir-se à preservação do status quo para o mais curto prazo compatível com uma justa decisão judicial.

Propomos, então, como prática corrente, que a colocação de uma criança seja tratada pelo órgão encarregado e pelo tribunal em caráter de urgência, levando em conta o sentido de tempo de uma criança, dando a esses casos alta prioridade, dedicando-se a eles com rapidez, e acelerando o andamento das revisões e da decisão final.

Adoção

Para os órgãos encarregados da adoção, esse esquema processual significa seguir uma política de colocações antecipada. Os bebês devem, se possível, ser colocados mesmo antes de nascerem. Os casais em vias de serem pais, que consideram a possibilidade de dar seus filhos em adoção, devem receber assistência do órgão encarregado para chegarem a uma firme decisão para ficar ou não com eles antes do nascimento da criança. As famílias adotantes devem ser investigadas e selecionadas antes que a criança esteja pronta para ser adotada. Se alguém tiver de ficar esperando, que não seja a criança, mas sim os adultos para os quais a antecipação pode ser um fator positivo. Antes da colocação, não deve haver longos períodos de observação para coleta de informações acerca do recém-nascido, para comprovação de sua idoneidade física e intelectual. As famílias que vão adotar devem estar preparadas para aceitar a criança "adotada" no momento em que esta estiver pronta para isso. Fazemos nosso o ponto de vista de Littner, que observou:

> Não há dúvida de que quanto mais esperamos, mais saberemos. Mesmo assim ... para podermos dar completa certeza de desenvolvimento normal, teríamos que colocar adultos e não crianças. Para a maioria das crianças adotadas, as informações obtidas com a espera *não* resultariam em uma colocação diferente. Qualquer programa que não coloque as crianças cedo expõe a maioria de suas crianças a certos perigos da colocação tardia, para proteger a minoria contra os riscos de uma colocação errada.[22]

Naturalmente, quanto mais idade tiver a criança ao tempo da adoção, mais longa pode ser a demora para encontrar uma colocação que dê importância máxima à continuidade de meio ambiente, inclusive estilo de vida, relacionamentos com irmãos e oportunidades educacionais.

Quanto aos procedimentos judiciais da adoção, as audiências iniciais devem ser imediatamente programadas e as decisões proferidas rapidamente. O período para apelação deve ser extremamente curto, não mais de uma semana ou duas, com a decisão final proferida poucos dias depois de encerrada aquela audiência. Apelações e decisões rápidas salvaguardam não somente o interesse da criança, mas também os das partes adultas prejudicadas em seus direitos. Se a diretriz de continuidade for observada pelo tribunal, quanto mais tempo a criança permanecer com o adulto que aguarda resultado de apelação de custódia, menos probabilidade terá uma parte prejudicada, mesmo com razão em princípio, de obter custódia.

Separação e divórcio

Tudo o que foi dito sobre os procedimentos judiciais para adoção se aplica também à guarda dos filhos em caso de divórcio e separação. A diretriz sentido-de-tempo-da-criança exige que todas as brigas entre os pais em torno da colocação de seus filhos sejam resolvidas por processos distintos e acelerados antes de e sem esperar por um pronunciamento sobre os méritos da própria ação de divórcio ou separação. O direito de uma parte prejudicada apelar da decisão de custódia deve ser exercido logo depois da sentença inicial com uma audiência e decisão final do tribunal de apelação a ser proferida poucas semanas depois, no máximo. Essas decisões de colocação se tornam definitivas, então, como resultado da apelação para revisão ou da prescrição do prazo de apelação. Para estar de acordo com nossa diretriz de continuidade, não deve de maneira alguma depender do resultado final da ação de divórcio ou separação. [23]

Não pretendemos lançar rígidos limites de tempo para decisões de caráter administrativo ou judicial referentes a colocações relacionadas com adoção, divórcio ou separação. Ao invés disso, procuramos apenas sugerir para consideração legislativa um possível projeto de procedimento que fosse sensível ao diferenciado sentido de tempo de uma criança. [24]

Abandono e negligência

O conceito de abandono ou negligência permanente, passando de processo a substância, oferece outra ilustração para aplicação de nossas diretrizes. A lei de abandono, para determinar, por exemplo, a possibilidade de uma criança ser adotada, repousa principalmente na intenção do pai ou mãe negligente, e não na duração de sua ausência. [25] Pode até ter como base o grau de interesse com que um órgão de serviços sociais se esforçou para "incentivar e fortalecer" o relacionamento entre uma criança entregue aos cuidados de criação e os pais biológicos ausentes. [26] O insucesso de um órgão em fazer tal esforço pode impedir um tribunal de achar que uma criança tenha sido abandonada, na forma da lei, mesmo que tenha sido abandonada psicologicamente por muitos anos. [27]

No que tange ao fator tempo, seja qual for a idade da criança, exige-se nada menos que um ano para caracterizar a intenção pessoal de abandonar. [28] Além disso, o abandono tem sido considerado como um processo contínuo, que pode ser revertido pela declaração expressa do pai ou da mãe ausente de ter mudado de idéia. [29]

A aplicação da diretriz sentido-de-tempo-de-uma-criança exigiria uma mudança de enfoque para a capacidade da própria criança de tolerar a ausência e o senso de abandono, isso sem considerar a intenção do adulto de abandonar, ou o fracasso de um órgão em incentivar um relacionamento. Além disso, ao invés do período estatutário de um ano, o fator tempo seria flexível, variando de acordo com o amadurecimento da criança na época da separação e até que ponto os laços com os adultos foram efetivamente mantidos.

O processo pelo qual uma nova condição de pai ou mãe surge é demasiado complexo e está sujeito a muitíssimas variações de indivíduo para indivíduo para que a lei possa oferecer uma rígida tabela de tempo estatutária. * Para que se possa declarar uma criança apta a ser adotada ou para reconhecer a existência de um relacionamento adotivo por direito consuetudinário, o abandono na forma da lei deve ter acontecido ao tempo em que a ausência dos pais fez a criança sentir que não era mais querida por eles. Seria a época em que a criança, sentindo-se desamparada e abandonada, estende os braços a um novo relacionamento com um adulto que está se tornando ou se tornou seu pai ou mãe psicológicos. [30]

Um estatuto pode determinar que a descoberta do abandono repousa na evidência de ter passado tanto tempo, do ponto de vista da criança, que o laço biológico ou adotivo nunca chegou a amadurecer para se tornar um laço psicológico com o adulto ausente, ou que o laço psicológico em desenvolvimento foi rompido ou prejudicado, e que a criança precisa começar ou já começou a desenvolver um novo relacionamento com outro adulto. Tal estatuto incluiria o pressuposto de que (excetuando os esforços extraordinários para manter a continuidade de um relacionamento "temporariamente interrompido"), quanto mais nova a criança, mais curto o período de abandono em que se rompe um laço psicológico em desenvolvimento e começa um novo relacionamento. O abandono ou a negligência permanente seriam então definidos de acordo com o sentido de tempo de uma criança.

As decisões de colocação da criança devem levar em conta a incapacidade da lei para supervisionar as relações interpessoais bem como os limites de conhecimento para se fazer previsões a longo prazo

Apesar de óbvias, as limitações da lei muitas vezes são ignoradas nos litígios sobre colocação de criança. Muito freqüentemente é atribuído um

---

* Para modificação desta posição, ver Capítulo 4 de *Before the Best Interests of the Child* (Free Press, 1979).

poder mágico à lei e seus agentes — um poder de fazer o que está muito além do seu sentido. Quando a lei pode fazer valer seu direito de criar relacionamentos, pode de fato fazer pouco mais do que lhes dar reconhecimento e oportunidade de se desenvolverem. A lei, no que diz respeito a relacionamentos individuais específicos, é um instrumento relativamente grosseiro.[31] Pode ser capaz de destruir relacionamentos humanos; mas não tem o poder de compeli-los a se desenvolverem. Não tem a sensibilidade nem os recursos para manter e supervisionar os eventos correntes no cotidiano entre os pais e a criança — que são essenciais para atender a exigências e necessidades em constante mutação.[32] Tampouco tem a capacidade de predizer futuros eventos e necessidades que justifiquem ou tornem possíveis, a longo prazo, quaisquer condições específicas que venha a impor relativamente, por exemplo, a educação, visitas, tratamento de saúde ou formação religiosa. Compartilhamos o ponto de vista — que é bem facilmente ignorado na lei e administração de colocação de criança — do juiz Wachenfeld:

> As incertezas da vida... sempre podem ser enfrentadas enquanto vivermos ... Suas formas tortuosas e suas variações são complicadas e numerosas demais para serem passíveis de tabulação. Nossa inabilidade para predizê-las ou resolvê-las nos amarra firmemente aos propósitos da natureza...
> Um toque judicial não torna o futuro mais fácil de se prever, e a segurança de nossas decisões, quaisquer que sejam, é infelizmente limitada pelas fragilidades do julgamento humano.[33]

A lei, portanto, deve preferir, e geralmente prefere, a organização privada dos relacionamentos interpessoais, ao invés de intrusões do Estado nesses relacionamentos.[34]

Mesmo assim, a lei se intromete. Quando o faz, é importante que os que tomam decisões sejam guiados por uma compreensão das limitações não somente dos processos jurídicos, mas também do valor profético sobre o qual seus julgamentos podem basear-se. Cada colocação de crianças, mesmo das que têm certidão de nascimento, baseia-se em suposições e predições sobre as crianças e os adultos que são designados como pais. Como o indicam as diretrizes de continuidade e do sentido-de-tempo-da-criança, as decisões de colocação podem ser baseadas em certas predições úteis e aplicadas de modo geral. Podemos, por exemplo, identificar quem, entre os adultos *disponíveis no presente*, vai se tornar, ou tem condições para ser um pai ou mãe psicológicos, fazendo dessa maneira a criança sentir-se desejada. Podemos predizer que o adulto mais provável para essa função é aquele, se houver, com quem a criança já teve, e continua a ter, um vínculo afetivo, e não aquele de potencial igual que ainda não esteja em um relacionamento básico com a criança. E mais, podemos predizer que, quanto mais nova a criança, e quanto mais longo o período de incerteza ou de separação, mais prejudicial será para o seu bem-estar e mais urgente se torna, mesmo sem conhecimento perfeito, sua colocação em caráter permanente.

Para além desses pontos, nossa capacidade de predizer é limitada.[35] Ninguém — e a psicanálise não cria exceção — pode prever exatamente que experiências, que acontecimentos, que mudanças uma criança, e, neste caso, o adulto encarregado de sua guarda, vai realmente enfrentar.[36] Nem pode alguém predizer com pormenores de que maneira o desenvolvimento de uma criança e de sua família se refletirá a longo prazo na personalidade e formação do caráter da criança. Assim, a lei não agirá no interesse da criança, mas tão-somente somar-se-á às incertezas se tentar fazer o impossível: adivinhar o futuro e impor a quem tem a custódia condições especiais para cuidar da criança.

Tudo isso apenas leva a uma descontinuidade prejudicial e perigosa, por deixar a decisão para colocação em aberto e sujeita a impugnações especiais da parte de alguém que alega terem as condições mudado tanto que o encarregado da custódia deve ser substituído.

A longo prazo, as chances da criança serão melhores se a lei for menos pretensiosa e ambiciosa em seus propósitos, isto é, se ela se restringir a evitar danos e agir de acordo com umas poucas, mesmo que modestas, predições, aplicáveis, de modo geral, a curto prazo.

Capítulo 4

A PROPÓSITO DA ALTERNATIVA MENOS PREJUDICIAL

As colocações devem oferecer a alternativa disponível menos prejudicial para proteger o crescimento e o desenvolvimento da criança

Como diretriz global para colocação de criança, propomos, ao invés do modelo "no-maior-interesse-da-criança", "a alternativa disponível menos prejudicial para proteger o crescimento e desenvolvimento da criança". O novo modelo tem como principais componentes as três diretrizes que já descrevemos. A alternativa menos prejudicial é, então, a colocação e o procedimento específicos para colocação que maximizam, de acordo com o sentido de tempo da criança e com base em predições a curto prazo, dadas as limitações de conhecimento, sua oportunidade de ser desejada e de manter em base contínua um relacionamento com pelo menos um adulto que seja ou venha a ser seu pai ou mãe psicológicos.

Mesmo concordando com o propósito claro do modelo "no-maior-interesse-da-criança", adotamos uma nova diretriz por várias razões. Primeiro, o modelo tradicional não dá a entender à autoridade, como a expressão "menos prejudicial à criança", que esta já é uma vítima das circunstâncias, que está em grande perigo e que é necessário agir depressa para evitar maiores danos que possam prejudicar suas chances de um sadio desenvolvimento psicológico. Segundo, a antiga diretriz, no seu contexto e como foi interpretada pelo legislador, pelo administrador e pelo tribunal, veio a significar algo menos do que o que é do maior interesse da criança. Os interesses da criança são muitas vezes pautados de acordo com e freqüentemente subordinados aos interesses e direitos dos adultos. Além disso, e menos comumente, muitas decisões são "apenas na aparência" para os maiores interesses de uma determinada criança que está sendo colocada. São preparadas principalmente para atender às necessidades e aos desejos dos adultos em litígio, ou para proteger a política geral de assistência à infância ou de um órgão administrativo qualquer.[1] Porém, mesmo que os direitos da criança fossem, de fato e por programa de ação, determinantes e assim inequivocamente superiores aos interesses dos adultos,[2] a diretriz continuaria inadequada.

A tensão entre o sentido claro do modelo maior interesse e sua elaboração nas decisões judiciais e legislativas é ilustrada pelo caso de um garotinho chamado W.[3] O caso mostra a maioria dos problemas de que tratamos neste livro. Compreendem os riscos de contrabalançar os interesses dos adultos com os da criança, de relacionamentos rompidos e de esquecimento das necessidades da criança quando existem adultos em conflito. Esse caso demonstra também os perigos que para a criança representam os prazos longos para revisão e apelação, sempre centrados nos adultos. Também indica quão precário é o conhecimento do desenvolvimento da criança em foco e quão confuso é o pensamento dos tribunais de justiça e dos legisladores em seus esforços para resolver os problemas de colocação de criança. O resultado, contudo, revela uma possibilidade de o tribunal de justiça interpretar com flexibilidade uma doutrina jurídica em transição. Mas o caminho tortuoso pelo qual o tribunal chegou ao resultado "certo" acentua a necessidade de reconhecer a nova diretriz e todas as partes que a integram.

O caso teve início em princípios de 1968, quando uma mulher que esperava um bebê providenciou junto à autoridade local competente para que seu filho fosse adotado ao nascer. Em conseqüência, o garotinho W foi colocado com pais de "criação" temporários em março de 1968. Em setembro desse mesmo ano, os pais de criação resolveram que eles próprios adotariam o garoto. Em princípios de 1969, a autoridade local deu início ao processo de adoção e marcou uma audiência para abril. Nesse ínterim, em março, a mãe biológica retirou seu consentimento — de acordo com a Lei de Adoção, que autoriza a retirada do consentimento exigido a qualquer momento antes da ordem de adoção. A Lei de Adoção só permite que o consentimento seja dispensado se o tribunal receber prova de que os pais legais — geralmente biológicos — (*a*) abandonaram, negligenciaram ou maltrataram o bebê, ou (*b*) estão retirando o consentimento por motivo *sem fundamento racional*. Ao considerar esse caso, cada um dos três tribunais afirmou seu compromisso de manter a prioridade prevista na Lei de Adoção que dá importância capital, acima de tudo, no que concerne à adoção, primeiro ao consentimento dos pais biológicos e depois ao bem-estar da criança. Na audiência inicial, efetuada em julho de 1969, o juiz municipal se apegou ao argumento de a mãe biológica estar retirando o consentimento por motivos "sem fundamento racional" por sua incapacidade de levar em conta o bem-estar da criança. Sensível à necessidade de continuidade por parte da criança e, a despeito da subordinação estatutária do maior interesse da criança, ele mudou o espírito do estatuto legal, sem alterar seu sentido textual, e inverteu as prioridades:

> Inevitavelmente parece-me que remover a criança do único lar que ela conheceu e entregá-la aos cuidados de um mundo estranho não somente perturba a criança emocionalmente e causa incontáveis lágrimas e infelicidades, mas também pode causar perturbação psicológica. Não tenho comigo nenhuma evidência de ordem médica, porém parece-me que uma coisa deva ser levada em consideração como [pertinente]: o bem-estar da criança. Considerando o assunto com olhos desapaixonados e dizendo o que uma mãe deve fazer nestas circunstâncias — consentir ou recusar consentimento — adoto o ponto de vista, orientando-me como posso a partir de casos ocorridos, ... de que a mãe racionalmente sensata deve consentir, em todas as circunstâncias deste caso ... Sinto que ela está sem motivo racional retirando o consentimento neste caso. Ordeno que seu consentimento seja mantido. [4]

Em maio de 1970, a ordem de adoção emitida pelo juiz municipal foi revista e revogada por unanimidade pelos ministros do Supremo Tribunal de Apelação. O ministro Russel do Supremo Tribunal escreveu:

> Não posso fugir à evidência de que a decisão do juiz foi inspirada integralmente no seu ponto de vista quanto ao maior interesse da criança, não obstante a voz interior lhe lembrar que, nesse ponto, essa não era a única consideração. [5]

Segundo o ministro Cross do Supremo Tribunal,

> A tarefa do juiz, ao decidir casos de custódia — e indiretamente, portanto, ao decidir casos litigiosos de adoção —, tem indubitavelmente se tornado mais difícil do que costumava ser no passado, e isso em decorrência dos avanços da ciência médica no curso dos últimos 20 anos mais ou menos. Antes da guerra, tinha-se em geral como certo, penso eu, que uma criancinha nova, embora pudesse tornar-se infeliz temporariamente, não seria perturbada de maneira duradoura por ser transferida, mesmo depois de prolongada estadia, da assistência de pais de criação ou de pais adotivos em perspectiva para seus pais naturais, se ambos fossem mais ou menos igualmente quali-

ficados para cuidar dela. Mas hoje em dia, os especialistas são unânimes em afirmar que existe algum risco de perturbação emocional duradoura para qualquer criança que seja removida da assistência de uma mulher para a de outra mulher entre as idades de seis meses e dois anos e meio ... Porém, embora o problema tenha sido indubitavelmente até certo ponto complicado por esse desdobramento da opinião médica, não acho que a complicação afete este caso.

Tornando crucial a intenção da mãe biológica e não o impacto sobre W de abandono ou ruptura de seu relacionamento com seus pais psicológicos, ele acrescentou:

Não acho que uma mãe que manteve seu desejo de conservar sua posição de mãe possa, em face de tal evidência, ser considerada como agindo sem motivo racional dentro do sentido do parágrafo 5 da Lei. [6]

O ministro Sachs, interpretando a Lei de Adoção de maneira mais restrita e direta, observou:

Resolver questões entre um pai ou mãe e candidatos a adoção partindo da suposição de que normalmente o critério correto é seguir a linha do maior bem-estar geral da criança é completamente errado. Ignora a necessidade de primeiro declarar conduta culposa dos pais. Mudar para esse critério deixando o conceito emitido pela Lei poderia provocar conseqüências de longo alcance e penosas para os pais que não querem abdicar de sua paternidade. Naturalmente, é ... facultado ao legislador, após considerar essas conseqüências, fazer tal mudança. Não é facultado aos tribunais de justiça, por adotar um conceito de "bem-estar" para o sentido de "retirar consentimento sem motivo racional", efetuar por meio de um circunlóquio uma modificação contrária às intenções do legislador. [7]

Por volta de abril de 1971, exatamente por um "circunlóquio" que os ministros do Supremo Tribunal não efetuariam, a Câmara dos Pares restabeleceu a ordem de adoção. Com segurança apodíctica, o ministro Hailsham dispôs sobre a questão, mas não sobre a ambigüidade e ambivalência que cercam a doutrina:

É claro que o critério é falta de motivo racional e nada mais. Não é culpabilidade. Não é indiferença. Não é fracasso no exercício dos deveres do pai e mãe. É falta de motivo racional e falta de motivo racional no contexto da totalidade das circunstâncias. Mas conquanto bem-estar *por si só* não seja o critério, o fato de que pais sensatos dão atenção ao bem-estar de seu filho deve entrar como fator relevante na questão de falta de motivo racional. É relevante em todos os casos se e na medida em que pais sensatos o levam em conta. É decisivo nos casos em que pais sensatos devem assim considerá-lo.

* * *

Isso quer dizer que, em um caso de adoção, um juiz municipal, aplicando o critério de falta de motivo racional, deve ter condições de chegar às suas próprias conclusões na totalidade dos fatos, e um tribunal de revisão deve apenas discutir a decisão dele quando se sente razoavelmente confiante de que ele errou na lei ou agiu sem prova adequada, ou quando sente que o julgamento dele sobre as testemunhas e suas maneiras teve tão pequena parte no raciocínio dele que o tribunal de revisão fica numa posição tão boa quanto a do juiz do processo para formar uma opinião ...
Não se conclui do fato de o critério ser falta de motivo racional que qualquer tribunal seja simplesmente capaz de substituir seu ponto de vista pelo dos pais. Na minha opinião, deve ser extremamente prudente em precaver-se desse erro. Pai e mãe sensatos podem perfeitamente com base na razão chegar a conclusões opostas ante a mesma série de fatos, sem perder o direito de serem considerados sensatos. A questão em qualquer caso é se um veto dos pais entra na faixa de decisões possivelmente racionais, e não se está certo ou errado. Nem todo o exercício errado de julgamento é contrário à razão. Há uma faixa de decisões dentro da qual nenhum tribunal deve procurar substituir o julgamento do indivíduo pelo seu próprio julgamento.

* * *

Obviamente, em um caso sem evidência médica, é necessário ser extremamente cuidadoso para não impingir qualquer possível perigo à criança ao ser esta transplantada de uma atmosfera de família estável e feliz e mergulhada nas incertezas de (um novo) lar. Mas, na minha opinião, o juiz municipal tinha bons fundamentos ... para chegar à conclusão a que chegou.[8]

Realmente, então, poderíamos chamar a decisão final de não modificar a colocação de *W* a alternativa menos prejudicial. E sob dois aspectos o procedimento estava de acordo com aquela diretriz. O consentimento para adoção, de acordo com as diretrizes de continuidade e do sentido-de-tempo-da-criança, foi combinado com a autoridade local antes do nascimento de W. Depois, durante o processo de revisão, e também de acordo com a diretriz de continuidade, o relacionamento de W com seus pais de criação que iam adotá-lo não sofreu interrupção. Em contraste com muitas situações semelhantes nos Estados Unidos, W não foi transferido à mãe biológica segundo a decisão apelatória intermediária, somente para vir a ser mandado de volta aos pais de criação meses depois, como o determinou a decisão da Câmara dos Pares.

Porém o resultado final e os aspectos positivos do processo de colocação não devem obscurecer os danos do atual sistema. Se tivesse sido adotada a diretriz geral que propomos, os dois anos e meio de incerteza que empanaram o relacionamento que se desenvolvia entre W e seus pais adotivos podiam ter sido evitados. Se fôssemos seguir as diretrizes afins de continuidade e sentido-de-tempo, uma Nova Lei de Adoção não autorizaria a retirada de consentimento depois que um relacionamento com outro adulto tivesse começado a se desenvolver — como no caso de W. Uma Lei dessas teria exigido a colocação permanente de W logo que o consentimento foi dado, ou tão logo que possível depois.[9] A colocação temporária com pais de criação teria sido permitida somente se na época fosse a alternativa menos prejudicial. Nossa ênfase sobre o papel crucial de pais psicológicos teria dado a W a condição de criança desejada. O juiz municipal, ao invés de ter de seguir um atalho como fez, teria negado a ação interposta pela mãe biológica. Teria afirmado que a lei, de acordo com a necessidade de continuidade da criança, presume, em um caso como o de W, que a custódia atual, agora duradoura, não deve ser perturbada.

O tribunal colocaria o ônus de vencer aquele pressuposto diretamente sobre os ombros do adulto reivindicante que contesta o relacionamento existente. Agir de outro modo agravaria, ao invés de minimizar, os prejuízos à criança.

Com a nova Lei, cada colocação de criança seria tratada como assunto urgente a ser resolvido definitivamente em poucos dias e não em anos.[10] Desta maneira, para salvaguardar não somente as necessidades da criança, mas também o de todos os adultos que pleiteiam um julgamento honesto, e a fim de minimizar a dor do que pode revelar-se para eles como esperanças falsas, o caso de W deveria ter sido tratado como uma emergência para todas as partes interessadas. De outro modo, o processo de revisão concederia ao adulto um direito vão e, o que é mais importante, acentuaria os perigos para a criança. Em suma, o caso de W demonstra a importância de alterar a diretriz global que preside a colocação de crianças, trocando o propósito de fazer o bem pelo objetivo mais modesto de minimizar o mal.

Embora o problema tenha sua origem em casos de separação, de divórcio, adoção, pais negligentes, assistência de criação, ou até mesmo delinqüência juvenil [11], a diretriz global para decisão que nós propomos é selecionar "a colocação que seja menos prejudicial à criança entre outras alternativas disponíveis". * Usar "prejudicial" ao invés de "maior interesse" deve capacitar o legislador, os tribunais de justiça e as instituições de assistência à criança a reconhecer e levar em conta os prejuízos inerentes a qualquer procedimento para colocação de criança e à própria decisão de colocação de criança. Deve servir para lembrar às autoridades que tomam as decisões de que sua tarefa é salvar o que for possível numa situação insatisfatória. Deve reduzir a probabilidade de se emaranharem na esperança e na magia relacionadas com "o melhor", que muitas vezes os levam erradamente a acreditar que têm maior poder de fazer o "bem" do que o "mal".

O conceito de "alternativas disponíveis" deve sublinhar quão limitada é a capacidade dos que tomam decisões de fazer predições válidas e quão limitadas são as escolhas que se lhes oferecem para ajudar uma criança com problemas. Se a escolha, como pode acontecer às vezes nos processos de separação e divórcio, é entre dois pais psicológicos e se o pai e a mãe são igualmente aptos em termos das necessidades de desenvolvimento da criança mais imediatamente previsíveis, o modelo menos prejudicial ditaria uma disposição rápida, definitiva e incondicional para cada um dos dois pais concorrentes. [12]

O modelo proposto é menos medonho e menos grandioso, mais realista e, portanto, mais propício à obtenção de dados importantes do que o de "maior interesse". Deve facilitar a avaliação das vantagens e desvantagens das opções reais. Mesmo assim, também ele pode ser ajustado e debatido. Mas existe em cada nova formulação uma oportunidade, pelo menos para os legisladores, para os tribunais de justiça e para as instituições, de reexaminarem suas tarefas e assim perceberem mais facilmente fatores pouco visíveis que resultaram em decisões na verdade contra "o maior interesse da criança", como chegou a ser constatado e aplicado.

---

* Uma criança cuja colocação deve ser determinada em questão judicial já foi privada de seu "maior interesse", seja pela perda de seus pais, seja por sua rejeição, inépcia e negligência; ou ainda, pela ruptura de seus laços de família por outros motivos. Evidentemente está além do poder do tribunal desfazer os distúrbios que foram causados por essa situação.

Capítulo 5

SOBRE A CONDIÇÃO DE PARTE E O DIREITO DE REPRESENTAÇÃO

Em qualquer colocação litigiosa a criança deve ter plena condição de parte e direito de ser representada por advogado *

Quer a diretriz global para a colocação de criança seja a do maior interesse ou a alternativa menos prejudicial, o tribunal só pode fazer "justiça completa" se a criança for reconhecida como parte necessária e, na verdade, indispensável no processo.[1] Uma parte assim é qualquer pessoa que tem interesse pessoal direto na decisão e cujos direitos podem ser adversamente afetados por ela. E mais, a despeito do interesse predominante que toda criança tem em sua colocação, juízes e legisladores deixaram de lhe conceder condição de parte, ou de determinar o seu direito de ser representada por advogado, exceto nos processos de delinqüência juvenil.[2]

A lei pressupõe que os pais da criança são os mais adequados para representá-la e salvaguardar seus interesses.** Este pressuposto, entretan-

---

* Sobre o papel do advogado no processo de colocação de criança, veja Capítulo 7 de *Before the Best Interests of the Child* (Free Press, 1979).

** Naturalmente, as necessidade de cada membro da família não coincidem automaticamente umas com as outras. As medidas práticas tomadas em benefício de um não são muitas vezes, ao mesmo tempo, do interesse do outro. As famílias variam de acordo com a preferência dada ora aos interesses do pai, ora da mãe, ou

to, não deve prevalecer, como acontece, quando o processo de colocação da criança se torna objeto de disputa entre pais, disputa essa que só tem solução por interferência dos tribunais, como nos processos de divórcio ou separação.[4] Esse pressuposto não deve prevalecer, como acontece, quando o Estado impugna sua idoneidade para continuarem como pais. Nem se deve pressupor, como acontece, que uma criança é representada por cada um e todos ou qualquer dos adultos que participam numa disputa entre pais biológicos, adotivos ou de criação, ou quando tais "pais" estão em briga com um órgão de assistência à infância. Mesmo os órgãos de assistência à infância, aos quais foram delegadas responsabilidades de salvaguarda do bem-estar de crianças, muitas vezes têm conflitos de interesses entre a necessidade de salvaguardar o programa de uma determinada entidade e as necessidades da criança a ser colocada. Em nenhuma dessas práticas, ninguém tem um interesse sem conflito ao representar a criança.

É crucial, portanto, para o bom cumprimento das diretrizes para colocação de criança, não somente a condição de parte da criança como pessoa em seu próprio direito, mas também uma providência adequada para sua representação pessoal por advogado cujo único objetivo é o de determinar qual é a alternativa menos prejudicial para o seu cliente.[5] Nos processos diante do tribunal ou órgão administrativo, o advogado para a criança deve interpretar e formular independentemente dos interesses de sua cliente, inclusive a necessidade de uma rápida e definitiva conclusão.

Ao enfatizar a importância da condição de parte e representação, não temos a intenção de deixar vago um outro problema que deve ser reconhecido e que não é, de modo algum, de fácil solução. É o problema da resistência dos juízes e de outras autoridades em direito ao nosso conhecimento sobre o desenvolvimento da criança, o qual de certa forma não combina com seu "senso comum" em relação à matéria em pauta ou, talvez, contesta alguma noção privada do que é "direito", "decente" ou "moral". Mas a condição de parte e o direito de representação podem facilitar a solução dessa resistência e com o tempo impedir seu impacto, acrescentando mais um apelante potencial aos processos de revisão.

Em suma, as crianças, longe de participar dos interesses dos adultos, são freqüentemente postas em conflito direto com eles: suas necessidades podem contrastar com as de seus pais biológicos, de seus pais de criação, ou órgãos de assistência infantil nelas interessadas. Por esta razão, uma vez posta em jogo sua custódia, seus direitos não podem ser representados de maneira adequada pelos advogados do adulto que ataca ou do adulto

---

aos das crianças. Contudo, enquanto a família permanece unida por laços de afeto e dependência mútua, todo e qualquer entendimento vem a dar atenção, pelo menos parcial, a todos os seus membros.[3]

que se defende. Elas precisam de condição de parte perante qualquer tribunal ou órgão que tem em mãos o seu destino, principalmente para serem representadas, independentemente dos adultos, como pessoas de posse de seus próprios direitos.

O advogado de uma criança deve, naturalmente, conhecer suficientemente as crianças e seu desenvolvimento para determinar qual informação deve obter e representar a respeito da criança que está representando. Nossas diretrizes devem facilitar sua tarefa.

TERCEIRA PARTE
AS DIRETRIZES APLICADAS

Capítulo 6

AS DECISÕES ROTHMAN

Transcrevemos integralmente a decisão efetiva sobre a colocação de Stacey, uma criança de criação de oito anos de idade, emitida pelo juiz de direito Nadel, do Supremo Tribunal de Nova York. Assim, reescrevemos sua decisão de acordo com nossa diretriz global de alternativa menos prejudicial.

Decisão 1

ROTHMAN V. ASSOCIAÇÃO ISRAELITA DE ASSISTÊNCIA À INFÂNCIA

Supremo Tribunal do condado de Nova York
166 *N.Y. Law Journal*, p. 17, col. 1
(5 de novembro de 1971)

Juiz Nadel

Neste processo, a mãe natural pleiteia uma sentença para o retorno de sua filha Stacey, de oito anos de idade. A requerente entregou sua filha aos réus para assistência temporária em dezembro de 1964, quando ela voluntariamente deu entrada em um hospital para tratamento de doença mental. A requerente deixou o hospital por algum tempo e depois foi readmitida. Em dezembro de 1969, a requerente recebeu alta do hospital e desde então não foi mais internada. Está morando com seus pais e está empregada como secretária executiva, ganhando US$ 140 por semana.

A requerente nunca entregou a criança para adoção. A ré, Associação Israelita de Assistência à Infância, se opõe a dar custódia à mãe natural sob alegação de que ela é incapaz de cuidar da criança em razão de sua grave doença mental. Entretanto, no julgamento deixou de apresentar qualquer prova pela qual o tribunal poderia descobrir se a requerente é incapaz de ter a custódia da criança. A obrigação de provar que a requerente é incapaz de cuidar de sua filha e que o bem-estar da criança exige a separação de sua mãe é da ré, não da mãe. O Tribunal de Apelação tem como norma que, inexistindo o abandono da criança, a entrega estatutária da criança ou a incapacidade reconhecida da mãe, um tribunal fica sem poder para privar a mãe de custódia. (*Spence-Chapin Adoption Service v. Polk*, *N.Y.L.J.*, 27 de setembro de 1971, p. 1, col. 1). Na melhor das hipóteses, os réus demonstraram que o relacionamento entre mãe e filha não é tão bom quanto deveria ser. Se assim é, a culpa é, antes de mais nada, da Associação Israelita de Assistência à Infância. Determinar extrajudicialmente que a criança não deve ser devolvida, impedir visitas e deixar de incentivar o relacionamento com os pais foram, em grande parte, causas da falta de um melhor relacionamento. Ficou estabelecido na Vara de Família que a referida Associação deixou de fazer quaisquer esforços reais no sentido de incentivar e fortalecer o relacionamento com os pais. A requerente deveria ter começado os processos judiciais pela visita e custódia de sua filha, coisas negadas pela Associação.

Os réus não somente deixaram de cumprir sua obrigação de provar, como também a prova que apresentaram demonstra plenamente a capacidade da requerente de ter a custódia de sua filha. Foi no interesse do bem-estar da sua filha que a requerente deu aos réus a guarda temporária, quando estava hospitalizada e sem poder cuidar da criança.

No período de cerca de dois anos antes deste julgamento, a requerente exerceu emprego remunerado e serviu a comunidade com suas atividades religiosas e humanitárias. Durante o período de sua hospitalização e separação de sua filha, a requerente parece ter se reabilitado com pleno êxito.

O tribunal observou a requerente durante o seu depoimento. Depois de ouvir e observar a requerente, o tribunal acha que é sincera em seu desejo de cuidar de sua filha e que ela é capaz de fazer isso. A requerente está residindo com seus pais, e eles serão capazes de cuidar de sua neta no intervalo entre a volta da criança da escola e a chegada da requerente do seu trabalho. A presença deles acrescenta duas pessoas para ajudar a requerente nos cuidados para com sua filha.

O pedido do advogado de que a Associação volte a debater a moção de levar este caso ao Serviço de Consultoria de Família é negado. Idêntico recurso foi negado à ré por vários ministros deste tribunal. Em todo caso, houve um julgamento das questões envolvidas, e os tribunais não encontraram razão válida para qualquer maior demora em devolver a criança à sua mãe natural.

A requerente fez saber que entende que a atitude de sua filha pode exigir um período de transição antes de obter plena custódia. As partes devem, portanto, entrar em acordo e submeter a julgamento a ser estabelecido neste particular quanto a um programa de visitas e transferência de custódia. Se as partes deixarem de concordar, o tribunal determinará medidas nesse sentido, dando a devida atenção a suas sugestões.

Julgamento encerrado. Os instrumentos de prova com o escrivão da parte.

* * *

O juiz Baltimore, uma figura fictícia que aceita nossas diretrizes, reescreve a opinião do juiz Nadel. Para chegar à sua decisão, usa apenas os dados sobre os quais se baseou o juiz Nadel. Além disso, o juiz Baltimore, com o propósito de enfatizar Stacey e seus interesses ao expressar novamente os fatos, absteve-se de empregar palavras carregadas de emoção e conclusivas expressões como "mãe natural" ou "mãe" ao se referir à sra. Rothman. Emprega as palavras "requerente" e "ré", ao invés de repetir continuamente os nomes reais das partes no processo, e identifica a sra. Rothman somente como uma adulta que deu à luz uma criança do sexo feminino de nome Stacey.

Decisão 1 reescrita

ROTHMAN V. ASSOCIAÇÃO ISRAELITA DE ASSISTÊNCIA À INFÂNCIA

Supremo Tribunal, condado de Hampstead-Haven
1 *New World Law Journal*, p. 1, col. 1
(5 de novembro de 1971)

Juiz Baltimore

Neste processo, a requerente, uma adulta, procura obter que nosso julgamento lhe conceda custódia e poder para cuidar de uma criança do sexo feminino, de oito anos de idade, chamada Stacey. Em apoio à sua pretensão, apresenta os seguintes fatos não contestados:

1) Em dezembro de 1963, a requerente deu à luz Stacey e, de acordo com o costume, a prática e a lei, foi-lhe inicial e automaticamente atribuída responsabilidade materna de custódia e assistência do bebê.

2) Há sete anos, a requerente deu entrada no hospital para tratamento de uma doença mental. Ao mesmo tempo, entregou Stacey, então com um ano de idade, à Associação Israelita de Assistência à Infância, a ré, com a intenção de que cuidassem dela temporariamente.

3) Há dois anos, a requerente recebeu alta do hospital e desde então não foi mais hospitalizada. Está morando agora com seus pais, está empregada como secretária executiva e ganha US$ 140 por semana.

4) A requerente é sincera em seu pedido para cuidar de Stacey, e seus pais estão preparados para ajudá-la nisso enquanto ela estiver no trabalho.

5) A ré se negou a interromper o atual relacionamento de Stacey com os adultos responsáveis por sua guarda. Impediu os esforços da requerente para visitar Stacey e estabelecer um relacionamento materno.

A ré, no que concerne a Stacey, se recusou a dar custódia à requerente. Por causa de sua doença anterior, a ré afirma que ela é incapaz de cuidar da criança, de servir como mãe. No que diz respeito a este caso, a requerente é, como qualquer outro adulto, de início, presumivelmente apta a ser mãe. Não precisamos abordar nem abordamos essa questão.

A verdadeira questão é: Stacey precisa ter um pai ou mãe designados pelo tribunal? A capacidade da requerente somente poderia ter se tornado uma questão se primeiro tivesse sido estabelecido que Stacey é atualmente uma criança não desejada, necessitada de um pai ou mãe. Somente então, o tribunal poderia exigir provas quanto à requerente a fim de determinar quem, entre as alternativas disponíveis, serviria melhor aos interesses de Stacey, proporcionando a oportunidade menos prejudicial de atender às suas necessidades.

O que é estranho é não se encontrar nas provas nada que mostre as necessidades de Stacey. Na ausência de tais provas, a lei deve presumir que Stacey é uma criança desejada, bem situada em um relacionamento recíproco com os responsáveis por sua guarda. Cabe à requerente derrubar a suposição de que o adulto ou os adultos agora responsáveis por Stacey são aptos a permanecerem como seus pais. Outra faceta dessas suposições é que Stacey foi psicologicamente abandonada por sua mãe biológica. Sete anos se passaram desde seu último contato. Cabe então à requerente determinar que há uma necessidade de alterar o longo relacionamento em andamento entre Stacey e quem quer que sejam seus pais psicológicos. Em suma, a requerente deve determinar que Stacey não é desejada em sua atual família. Se a requerente pudesse provar tal afirmativa, não teria de provar sua capacidade de ser mãe. Ao invés disso, teria de determinar que, entre as alternativas disponíveis, o fato de ela ter a custódia seria a menos prejudicial para o bem-estar físico e psicológico de Stacey.

A requerente alega mais adiante que jamais perdeu a custódia de Stacey perante a lei. Ela determinou que sempre se considerou responsável pela assistência a Stacey; que tomou medidas "temporárias" para ela com a ré, que desde o princípio ficou entendido que deviam ser temporárias, e que sempre fora sua intenção, uma vez recobrada sua saúde, cuidar pessoalmente de Stacey. Afirma que em nenhum momento durante os últimos sete anos, ela abandonou Stacey; nem jamais deixou de ser sua "mãe". Se alguém tem culpa, é, alega ela, a ré, Associação. Esta impediu-a de manter ou, pelo menos, de estabelecer um relacionamento de mãe com Stacey.

Esses argumentos e os fatos alegados em seu apoio refletem uma noção compreensível, porém ainda errônea. O abandono de uma criança por um adulto, pelo menos com o fim de determinar quem é o pai ou a mãe, repousa, não nas intenções do adulto, mas antes no impacto que tal ato exerce sobre a criança. Desde a idade de um ano, Stacey foi privada de um contato contínuo, afetuoso e de qualquer outro modo protetor com a requerente. Na ausência de prova específica em contrário, para fins de custódia e assistência, por lei deve-se presumir que Stacey foi abandonada. Quanto mais não seja, no que concerne a Stacey, houve um rompimento crítico de qualquer laço psicológico que começara a se desenvolver entre ela própria e a requerente. Por mais penoso que deva ser para essa mulher bem-intencionada, suas intenções somente não bastaram para evitar tal abandono psicológico. Mesmo que essas intenções tivessem sido acompanhadas de um programa cuidadosamente elaborado para manter contato com a criança, com o decorrer do tempo, a requerente mal pôde ter sido a fonte adulta básica para Stacey de afeto, estímulo, e o que é mais importante, de um senso de continuidade essencial para lhe assegurar um crescimento e desenvolvimento sadios.

No que diz respeito aos interesses de Stacey, não importa que o cumprimento dessas intenções tenha sido frustrado pela direção da ré, Associação, ou por quem quer que seja, nem tampouco importa, para os fins de determinar custódia, se as intenções da requerente foram desfeitas por sua incompreensão, sua doença ou ignorância. Seja qual for a causa, quem quer que possa se sentir responsável, o fato psicológico que a lei deve admitir é que Stacey agora não reconhece a requerente como mãe.

Seria impossível localizar precisamente no tempo o momento em que o fato de abrir mão de Stacey por parte da requerente, "temporariamente", se tornou abandono. Nem é possível determinar exatamente quando uma nova relação materna psicológica com a criança se formou. Não obstante, na falta de provas em contrário, deve-se presumir que um relacionamento dessa natureza se desenvolveu no curso dos sete últimos anos. Esse relacionamento merece o reconhecimento e a proteção da lei e pode ser percebido de maneira não diferente do casamento por lei comum, da paternidade por lei comum ou da adoção por lei comum. Esta adoção traz consigo todas as proteções legais, de modo geral disponíveis, para alimentar e garantir laços sadios entre pais e criança.[1]

Esta decisão não quer exigir a atribuição de culpa a qualquer pessoa ou entidade encarregada da colocação de criança.* O propósito delas não é relevante para a decisão. Mudando o enfoque da decisão para o problema de satisfazer as necessidades da criança, a lei, como deve, deixa de fazer julgamentos morais quanto à capacidade de ser pai e mãe; deixa de incriminar; e deixa de considerar a criança e a concessão ou recusa de custódia como prêmio ou castigo. Torna-se então sem importância se o relacionamento pais-criança se desenvolveu a partir de circunstâncias sob ou acima do "controle" de um adulto reclamante.

Mesmo que o tribunal ordenasse que Stacey fosse devolvida à sua "mãe" biológica, estaria totalmente acima de seus poderes estabelecer um relacionamento psicológico pais-criança entre elas. Além disso, longe de ser benigno, tal decreto infligiria danos e penas a todas as partes, à criança e aos adultos.

Conquanto a posição de pais não seja facilmente perdida perante a lei, ela só pode existir quando for real em termos da saúde e bem-estar da criança. É um relacionamento de berço, legítimo, ilegítimo ou de adoção, estatutário ou por lei comum, que exige uma contínua interação entre o adulto e a criança para sobreviver. Pode ser rompido pelo adulto pai e mãe por "acaso", pelo estabelecimento de um novo relacionamento adulto-criança, que chamamos adoção por lei comum, ou por "escolha", mediante um processo legal mais formal, que viemos a chamar adoção. É o laço real — a realidade de um relacionamento em evolução — que é crucial para esta decisão judicial e que exige a proteção do Estado pela lei. O tribunal não deve, a despeito de sua simpatia pela requerente, tornar-se uma parte capaz de arrebatar Stacey dos únicos pais afetuosos que ela conhece.

---

* Naturalmente, uma entidade pode perder seu alvará de funcionamento ou ser processada por danos, se for negligente no cumprimento das responsabilidades que assumiu. O que importa aqui é que a criança não seja condenada a sofrer danos.

Deve-se presumir que Stacey é, em seu meio ambiente atual, uma criança desejada.

Finalmente, deve-se observar que esta decisão não constitui um rompimento com o passado. Ao contrário, o passado é futuro. Existe em direito, como a psicanálise ensina que existe no homem, um rico resíduo que cada geração preserva do passado, modifica para o agora, e deixa para o futuro. A lei é, afinal de contas, um processo contínuo de satisfação da necessidade da sociedade de estabilidade, proporcionando autoridade e precedentes e, ao mesmo tempo, satisfazendo sua necessidade de flexibilidade e mudança, fornecendo para cada autoridade uma contra-autoridade e para cada precedente um contraprecedente. A lei existente procura assim assegurar um ambiente propício ao crescimento e desenvolvimento saudáveis da sociedade.

Que esta decisão não é incompatível com as decisões legais do século passado não constitui nenhuma surpresa, quer para os estudantes de direito que construtivamente resistem aos brutais rompimentos com o passado, quer para os estudantes de desenvolvimento da criança que nos fizeram compreender a necessidade de continuidade que o homem sente. Em 1824, por exemplo, o destacado jurista norte-americano e ministro do Supremo Tribunal dos Estados Unidos, Joseph Story, não tinha nenhuma teoria psicanalítica sobre a qual se apoiar e, no entanto, agindo como juiz, pôde escrever em *U.S. v. Green* (3 Mason 482 Fed. Cas. No. 15256 [1824]):

> Quanto à questão do direito do pai de ter a custódia de seu filho menor, em um sentido geral é verdade. Porém não é por força de qualquer direito absoluto do pai, mas sim em benefício do menor, presumindo a lei ser de seu interesse ficar sob a proteção e os cuidados de seu protetor natural, tanto para manutenção quanto para educação. Quando, portanto, solicita-se ao tribunal que dê a sua ajuda para colocar o menor sob custódia do pai e retirá-lo da guarda de outras pessoas, este considera todas as circunstâncias e decide se será para os interesses reais, permanentes do menor, e, se o menor tiver suficiente discernimento, também atenderá a seus desejos pessoais.

Muito menos vagas, e numa linguagem que muitas vezes parece psicanalítica, embora escritas mais de uma década antes de Freud publicar *A Interpretação dos Sonhos*, são as palavras do ministro Brewer falando pelo Supremo Tribunal de Kansas em 1889, no caso da colocação da criança de *Chapsky v. Wood* (26 Kan. Reports, pp. 650-658 [2.ª ed. comentada, 1889]):

> Quando uma criança foi deixada por vários anos aos cuidados e custódia de outros que desempenharam todas as obrigações de sus-

tento e assistência que cabem naturalmente aos pais, dependerá principalmente do fato de tal custódia promover o bem-estar e interesse dessa criança os tribunais fazerem respeitar o direito do pai à custódia da criança. Esta distinção deve ser reconhecida. Se, imediatamente depois [de desistir da criança] for procurada uma recuperação, e o pai não é o que pode ser chamado uma pessoa imprópria por motivo de imoralidade etc., os tribunais darão pouca atenção a quaisquer simples especulações quanto à probabilidade de representar benefício para a criança o fato de ser deixada ou devolvida. Em outras palavras, considerarão que a lei da natureza, que declara a força do amor de um pai, deve ser mais considerada do que a mera especulação quanto às vantagens que a possível riqueza e posição social possam dar. Mas, por outro lado, quando não é procurada a recuperação ao cabo de alguns anos, quando novos laços se formaram e já foi dado um certo curso à vida e às idéias da criança, deve-se dar muita atenção às probabilidades de um benefício de tal mudança para a criança. *É fato óbvio que laços de sangue enfraquecem e laços de camaradagem se fortalecem com o passar do tempo; e a prosperidade e bem-estar da criança dependem do número e da força destes laços, tanto quanto da habilidade de fazer tudo o que esses laços obrigam* [o grifo é nosso].

Os que durante anos ocuparam o lugar de pais, prestaram todas as obrigações de assistência e sustento, e principalmente quando se fizeram essas obrigações durante os anos da primeira infância, quando o encargo é sobremaneira pesado, quando o esforço e os cuidados são de um valor que não podem ser traduzidos em dinheiro, quando todos esses trabalhos foram realizados e a criança se expandiu entrando numa brilhante e feliz adolescência, é mais do que justo e conveniente que sua confiança anterior e o interesse e afeição que esses esforços despertaram nela devam ser respeitados. Acima de tudo, a primeira consideração é sobre o que poderá promover o bem-estar dessa criança. Essas são, penso eu, praticamente todas as regras de lei aplicáveis a um caso desta espécie.

... O que o futuro da criança será é uma questão de probabilidade. Ninguém é bastante sábio para predizer e determinar absolutamente o que seria ou não melhor para ela; mesmo assim, devemos agir sobre essas probabilidades, com base no testemunho que temos diante dos olhos, guiados pelas leis ordinárias da experiência humana. ...

A criança teve, como tem hoje, tudo o que o amor e os cuidados de uma mãe podem dar. A afeição que uma mãe pode ter e certamente tem, originária do fato de que a criança é seu rebento, é uma afeição que talvez nenhuma outra pessoa realmente possui; mas tanto quanto possível, proveniente de anos de pacientes cuidados para com um pequenino ser indefeso, de amizade, e como fruto da dedicação e das atenções maternais que lhe são dispensadas, uma afeição a essa criança pode ser observada na sra. Wood como não o poderia ser em ninguém mais. E é claro que, até o ponto em que o amor de mãe pode ser igualado, sua mãe de criação tem esse amor e continuará a tê-lo.

Por outro lado, se ela for para a casa da família de seu pai, a companhia do sexo feminino será constituída por uma tia, já em idade madura, e uma avó; elas nunca viram a criança; não lhe têm afeição decorrente de anos de convivência. ...

Os impulsos humanos são de tal ordem que, indubitavelmente, criariam afeição à criança — é quase impossível pensar de outra maneira; mas, considerando aquele profundo, forte e paciente amor que decorre da maternidade, ou da paciente dedicação ao longo de uma infância indefesa, eles serão estranhos.

Validando a adoção de Stacey ao ratificar a afirmação da ré, Associação, do direito de ficar com seus pais psicológicos dos últimos oito anos, o tribunal toma a posição do ministro Brewer no caso *Chapsky*:

É uma questão séria a ser sempre considerada diante de uma mudança. "Deixar como está" é um axioma baseado em rica experiência [na p. 656].
Assim é ordenado.

* * *

Quase um ano depois de escritas as opiniões Nadel e Baltimore, solicitou-se ao juiz Nadel que reconsiderasse sua primeira decisão quanto à colocação de Stacey. Aqui está sua segunda opinião textualmente, que dispensa comentários.

Decisão 2

ROTHMAN V. ASSOCIAÇÃO ISRAELITA DE ASSISTÊNCIA À INFÂNCIA

Supremo Tribunal do condado de Nova York
N.Y. Law Journal, p. 17, col. 2-4
(1.º de novembro de 1972)

Juiz Nadel

Neste processo de *habeas-corpus*, movido pela mãe contra a Associação Israelita de Assistência à Infância, o tribunal, após uma audiência, houve por bem decidir pela devolução da menina de oito anos e meio à sua mãe. A requerente nunca entregara a criança em adoção, mas colocara a criança com os réus para assistência temporária em dezembro de 1964, quando ela voluntariamente internou-se em um hospital para tratamento de uma enfermidade mental. A requerente deixou o hospital e depois foi readmitida. Em dezembro de 1969, ela recebeu alta do hospital, e desde então não foi mais hospitalizada. Mora com seus pais e tem emprego remunerado. O tribunal achou que os réus deixaram de cumprir a exigência de provas quanto à incapacidade da mãe de ter a custódia de sua filha.

A mãe entendeu que a atitude antagônica de sua filha para com ela exigia um período de transição antes de voltar a exercer seu pleno direito de custódia. A decisão da justiça dispôs sobre esse período de transição.

Em processo colateral, foram apresentados depoimentos de médicos e um laudo médico, com base em exames da criança após a audiência de custódia, indicando que seria prejudicial para sua sanidade mental se ela fosse devolvida à guarda da mãe na época. O tribunal, por sua própria iniciativa, modificou o julgamento de 16 de fevereiro de 1972, que determinava a devolução da criança à mãe em uma data específica e, por ordem retificada e julgamento datado de 2 de março de 1972, ordenou que a custódia física da criança fosse devolvida à ré, Associação Israelita de Assistência à Infância, capacitando a dita entidade a colocar a criança em uma unidade operada por ela que tivesse condições de oferecer os cuidados e a terapia especializados de que ela necessitava e onde ela seria examinada por um psiquiatra infantil imparcial, devendo as audiências posteriores serem realizadas com todas as partes apresentando documentação médica comprobatória sobre a questão de quando e sob que circunstâncias a referida criança poderia ser devolvida à mãe. As audiências foram marcadas para junho.

Entretanto, os Capítulos 645 e 646 das Leis de 1972, vigentes em 30 de maio de 1972, acrescentaram um adendo à seção 383, subdivisão 3 da Lei de Serviços Sociais, elaborado especificamente para o caso em pauta. Dispunha que os pais de criação, tendo dispensado cuidados contínuos a uma criança por mais de vinte e quatro meses através de uma entidade autorizada, tivessem a permissão, por uma questão de direito, como parte interessada, de intervir em qualquer processo que envolvesse custódia da criança. Uma moção dos pais de criação para intervirem neste processo foi concedida por outro juiz deste tribunal por ordem datada de 27 de junho de 1972. Este tribunal tinha negado uma moção que pretendia idêntica medida a 1.º de março de 1972, antes da decretação dos Capítulos 645 e 646 das Leis de 1972, sob a autoridade de Scarpetta v. Spence-Chapin Adoption Service, 28 N.Y. 2.º 185. Com o propósito de dar aos interventores oportunidade de mandar seu psiquiatra examinar a criança e assim participar nas audiências, concordou-se em adiar as audiências para setembro.

O psiquiatra imparcial dr. D'Arc foi escolhido por deliberação em comum para a requerente e deliberação em comum para os réus em uma lista de nomes apresentada pelo presidente do Conselho de Psicologia Infantil. [2] Cada uma das partes, inclusive os interventores, teve assim oportunidade de mandar a criança ser examinada por um psiquiatra de sua própria escolha. O dr. D'Arc examinou a criança em quatro ocasiões diferentes.

Cinco psiquiatras atestaram, e são unânimes em sua opinião, que a criança está deprimida e que a simples menção da possibilidade de voltar para sua mãe natural provoca-lhe depressão, tristeza e lágrimas. É bem significativo que nem sequer o dr. Cohen, psiquiatra chamado pela requerente, recomenda que a criança seja restituída à sua mãe natural. Fazer isso seria prejudicial ao bem-estar da criança.

Achou o dr. Cohen que se a criança tivesse de voltar à sua mãe, seria preciso fazê-lo de maneira gradual, para que não houvesse nenhuma pressão indevida sobre as partes. Sugeriu um plano segundo o qual, inicialmente, as visitas feitas pela mãe seriam em Pleasantville, por uma hora ou duas de cada vez, para desenvolver uma relação; em seguida, por várias horas, para visitar locais; e se isso desse certo, então talvez por um dia, na casa da mãe; e se também desse certo, então por períodos de um fim de semana; e se o plano continuasse a funcionar, por períodos de uma semana ou mais.

Este plano é de certa forma semelhante à transição gradativa recomendada originariamente por este tribunal. Os autos indicam que as visitas de acordo com a transição gradativa recomendada pelo tribunal não deram certo em suas fases iniciais e que as visitas em Pleasantville, de julho a setembro, foram um completo fracasso.

Em resposta à pergunta: "Que fazer então, se as visitas não dão certo?", o dr. Cohen afirmou:

"Bem, o que estou dizendo, penso eu, é isto: que se as visitas não derem certo em base regular, se houver uma evidente ausência total de relacionamento, se não se registrar nenhum progresso, então certamente será preciso pôr em questão por que isso não deu certo".

E respondendo à pergunta: "Admitindo que as visitas iniciais em Pleasantville não correram bem?", ele declarou:

"Bem, acho que se as visitas iniciais não correram bem e se não foi possível determinar o que pode ter contribuído para não correrem bem, então na verdade pode ser que as visitas posteriores não dêem certo".

Ele também atestou que a criança teve sentimentos contrários à possibilidade de união com sua mãe, que se sentia abatida, transtornada e triste.

O dr. Feldman e o dr. Damino, os psiquiatras chamados pelos interventores, indicaram que a criança estava deprimida e era provável que viesse a revelar perigosas tendências se forçada a voltar para sua mãe. Eles acharam que a criança não devia ser restituída à mãe naquela ocasião. O dr. Damino afirmou ter um plano pelo qual a mãe talvez pudesse desenvolver um agradável relacionamento com sua filha. Foram suas palavras:

"Cheguei à conclusão, através do exame da menina, que há uma única maneira provável, e é minha opinião que, caso a mãe natural não seja uma ameaça para a menina por vários anos, período que eu calcularia em cerca de — eu diria cerca de cinco anos, a meu ver —, que se a mãe natural não for uma ameaça para a menina quanto a tirá-la de onde está, então existe uma forte probabilidade de que a menina possa desenvolver alguma relação afetuosa com a mãe natural, vendo a mãe natural, digamos em base regular, cada duas semanas por um dia ou dois, mas o principal sendo a mãe não representar ameaça para tirar a menina de onde está".

E declarou mais, que, no momento, não existe possibilidade plausível de que Stacey seja restituída à sua mãe sem ser destruída como ser humano.

O dr. Pelner, chamado pelos réus, atestou que a volta da criança para a mãe resultaria em dano mental para a criança. Também declarou que era concebível que um dia, em futuro distante, Stacey pudesse querer pensar em voltar para sua mãe, e talvez até mesmo se interessar por sua mãe e estabelecer contato com ela. Após exame, ele declarou que a maneira mais rápida e segura "para uma criança como Stacey aceitar sua mãe acho que seria através dos seus atuais responsáveis".

O sr. Arest, administrador da Unidade Escolar de Pleasantville, atestou o completo fracasso da requerente em estabelecer qualquer espécie de relação com a criança em suas visitas. Embora ele tivesse feito inúmeros esforços para ajudá-la durante essas visitas, não houve condições. A criança voltava das visitas chorando histericamente, muito perturbada e abalada. A criança recusava todas as ofertas de afeto por parte da mãe. A mãe então ficava frustrada, gritava com a criança e ameaçava-a. As visitas eram curtas e sempre terminavam com uma nota desagradável; prova incontestável de que a hostilidade da criança para com sua mãe era persistente foi o fato de a mãe reagir com violência à atitude insubmissa da criança e não conseguir ganhar seu afeto ou confiança. A mãe se sentiu frustrada com sua filha. Com base em todos os depoimentos, o tribunal conclui que seria contra o maior interesse da criança e seria prejudicial e perigoso para o bem-estar mental e emocional da criança restituí-la à requerente nesta ocasião.

A requerente argumenta que, como o tribunal achava, antes desta data, que a requerente não é uma mãe incapacitada, o tribunal não tem opção e deve devolver Stacey imediatamente porque, sem comprovação de incapacidade, o tribunal não pode considerar o bem-estar da criança e cita como autoridade (People ex rel. Kropp v. Shepsky, 305 N.Y. 465; People ex rel. Scarpetta v. Spence-Chapin Adoption Service, 28 N.Y. 2d. 185, 321 N.Y.S. 2d 65; Spence-Chapin Adoption Service v. Polk, 29 N.Y. 2d 196, 324 N.Y.S. 2d 937).

Este tribunal não acredita que estes casos não apresentam comprovação de incapacidade da mãe, que não se possa considerar o bem-estar da criança e que a criança deva ser mandada imediatamente de volta à mãe.

Em Spence-Chapin Adoption Service v. Polk (*supra*), o Tribunal de Recursos revê os casos de maior importância sobre o assunto, confirma que a primazia dos direitos paternos não deve ser ignorada e que um litígio entre os pais e os não-pais não deve se tornar uma simples questão de quem pode proporcionar ou conceder o melhor meio ambiente ou de qual das partes tem mais condições para criar a criança. Então o tribunal declara, na página 204:

"Em outras palavras, não cabe, por exemplo, à mãe mostrar que o bem-estar da criança seria beneficiado pelo fato de sua devolução a ela. Mas, sim, cabe aos não-pais provarem que a mãe é incapaz de receber sua filha e que o bem-estar desta exige uma separação de sua mãe" (305 N.Y. em 469). Naturalmente, isso não quer dizer que se subjugam os direitos e interesses da criança. O princípio repousa no ponto de vista, aceito de modo geral, de que o maior interesse de uma criança é que ela seja criada por seus pais, a não ser que eles sejam desqualificados por grave má conduta. Também é verdade que a generalização apresenta inúmeras exceções, mas as exceções não contradizem a verdade do princípio".

Conquanto o tribunal repita a linguagem do caso *Shepsky*, supra, de que os não-pais têm a responsabilidade de provar "que a mãe é incapaz de receber sua filha *e* que o bem-estar desta exige uma separação de sua mãe" (a ênfase é nossa), entra imediatamente com qualificações (1) de que não se subjuga os direitos e interesses da criança e (2) de que a generalização apresenta inúmeras exceções.

Os princípios gerais por si sós não são o único guia de ação em casos específicos. Às vezes, as exceções comprovam a regra. Em nenhum dos casos citados pela requerente existe competente prova médica de que a transferência de custódia para a mãe poria em risco o bem-estar da criança.

Se o tribunal deixasse de considerar o bem-estar mental e emocional da criança neste caso, isso, na verdade, constituiria uma subjugação dos direitos e interesses da criança. A criança é agora uma menina de nove anos e meio. A trágica experiência durante os dois primeiros anos de sua vida, a ausência contínua da mãe durante os seis anos e meio que se seguiram, a persistente rejeição da mãe pela criança durante o último ano, a inabilidade da mãe de desenvolver qualquer contato ou de lidar com a criança, independentemente de quem tenha a culpa, e o bem fundamentado depoimento médico de que o bem-estar mental e emocional da criança seria posto em risco, são uma prova de que este caso se enquadra nas inúmeras exceções do princípio geral da primazia de custódia de pai e mãe.

Diante das evidências, o tribunal conclui que devolver a criança à mãe agora poria em risco o bem-estar mental e emocional da criança e seria contra o maior interesse da criança. A petição é, portanto, negada.

Julgamento encerrado, determinando visitas conforme foi debatido em conferência com os advogados.

* * *

Decisão 2 avaliada

Em contraste com o juiz Nadel, nosso juiz fictício Baltimore foi poupado da necessidade de inverter sua ordem sobre a colocação de Stacey. Nem precisou tratar seu caso como uma exceção e basear-se em laudo médico para justificar sua decisão de não a devolver à sua mãe biológica. Com base em conhecimento extrapolado de nossas diretrizes, ele estava preparado para que Stacey fosse firmemente ligada aos adultos que se tornaram seus pais psicológicos e para responder com horror a qualquer intrusão nesse relacionamento.

De acordo com nossa diretriz de continuidade, ele teria se abstido de colocar Stacey em ambientes temporários, mesmo que a mãe biológica tivesse superado o pressuposto de que a criança era desejada e estava bem situada em sua casa de criação. Ele a teria deixado lá até que fosse encontrada a alternativa de colocação permanente (a alternativa menos prejudicial).

De acordo com nossa diretriz de sentido de tempo da criança, ele não esperaria que restasse em Stacey qualquer ligação com a mãe biológica após sete anos de separação, mesmo tendo sido a requerente a primeira a cuidar da criança, e mesmo que uma relação psicológica tenha começado a se desenvolver entre elas nessa época.

Supondo que Stacey fosse uma criança sadia antes da interferência em seu destino, ele teria confiado menos na eficácia de "terapia" para ela. A ligação de uma criança com seus pais psicológicos é normal e, portanto, não necessita qualquer terapia, cuja ação se destina a tratar manifestações patológicas. Stacey não pode ser "curada" de seu amor por seus pais de criação.

De acordo com o princípio de colocar os interesses da criança acima de tudo o mais, ele não teria concedido direitos de visita à mãe biológica, já que a criança a rejeitava e, portanto, não era provável que pudesse aproveitar de sua presença ou influência. Ele estaria ao mesmo tempo protegendo os direitos e interesses dos pais psicológicos.

Por certo, ele teria querido saber por que não havia uma determinação clara de que Stacey fosse restituída aos réus, e, em vista de sua compreensão do desenvolvimento da criança, por que os especialistas psiquiatras tinham aceitado o esforço inicial para tirar Stacey de seus pais psicológicos. Também teria querido saber se a primeira decisão poderia ter sido tomada se Stacey tivesse recebido a condição de parte com adequada representação de seus interesses. *

---

* Stacey foi adotada por seus pais de criação em 1.º de março de 1974.

Capítulo 7

PROVIDÊNCIAS PARA UM ESTATUTO DE COLOCAÇÃO DA CRIANÇA

Apresentamos aqui alguns ingredientes básicos para a elaboração de um código de colocação da criança. * Foram projetadas medidas estatutárias para codificar os conceitos, as diretrizes e conclusões deste volume. Não damos o costumeiro comentário sobre o código, porque o próprio volume já atende a esse objetivo. [1]

Providências selecionadas para o código de colocação da criança de Hampstead-Haven

ARTIGO 10. DEFINIÇÕES

§ 10.1. Pais biológicos

Os pais biológicos são aqueles que produzem fisicamente a criança.

§ 10.2 Criança desejada

Uma criança desejada é aquela que recebe afeto e sustento em base contínua de pelo menos um adulto e que sente que é e continua a ser valorizada pelos que dela cuidam.

---

* Providências adicionais para um código são sugeridas no Apêndice II de *Before the Best Interests of the Child* (Free Press, 1979).

§ 10.3 Pais psicológicos

Pais psicológicos são aqueles que, em base contínua, no dia-a-dia, mediante interação, companhia, ação recíproca e sentimento mútuo, atendem às necessidades psicológicas e físicas da criança de um pai e uma mãe. Os pais psicológicos podem ser os pais biológicos (§ 10.1), adotivos, de criação ou por direito consuetudinário (§ 10.4) ou qualquer outra pessoa. Não há um pressuposto em favor deste ou daquele após a atribuição inicial de paternidade no nascimento (§ 20).

§ 10.4 Relacionamento por lei comum pais-criança

Um relacionamento por lei comum pais-criança é um relacionamento de pai ou mãe psicológicos (§ 10.3) com uma criança desejada (§ 10.2), que se desenvolve fora da adoção, da atribuição de custódia em processos de separação e divórcio ou da atribuição inicial, na ocasião do nascimento, de uma criança aos seus pais biológicos (§ 20.1).

§ 10.5 Sentido de tempo da criança

O sentido de tempo de uma criança baseia-se na urgência de suas necessidades instintivas e emocionais e, assim, difere do sentido de tempo de um adulto, pois os adultos têm melhores condições para antecipar o futuro e, assim, entender as demoras. O sentido de tempo de uma criança muda à medida que ela se desenvolve. Os intervalos de separação entre os pais e a criança, que constituam importantes quebras de continuidade em uma idade, podem ter pouca importância em outra idade mais avançada.

§ 10.6 Alternativa menos prejudicial disponível

A alternativa menos prejudicial disponível é a colocação da criança e o processo para colocação da criança que maximizar, de acordo com o sentido de tempo da criança (§ 10.5), a oportunidade da criança de ser desejada (§ 10.2) e de manter, em base contínua, incondicional e permanente, um relacionamento com pelo menos um adulto que é ou vem a ser o pai ou mãe psicológicos da criança (§ 10.3).

ARTIGO 20. COLOCAÇÃO INICIAL

§ 20. Colocação da criança

Ao nascer, uma criança é colocada junto a seus pais biológicos (§ 10.1). Se outros adultos não assumirem ou não receberem o papel, presume-se que eles venham a se tornar os pais psicológicos da criança (§ 10.3).

ARTIGO 30. INTERVENÇÃO PARA ALTERAR A COLOCAÇÃO DE UMA CRIANÇA

§ 30.1 Política do Estado de minimizar a ruptura

É política deste Estado minimizar as rupturas de relações contínuas entre os pais psicológicos (§ 10.3) e a criança. As necessidades de desenvolvimento da criança são mais bem atendidas por relacionamentos contínuos, incondicionais e permanentes. A importância da duração de um relacionamento e o significado da duração de uma ruptura variam de acordo com o estágio de desenvolvimento da criança.

§ 30.2 Interventor

Um interventor é qualquer pessoa (inclusive o Estado, instituições estatais, pais biológicos e outros) que procura interromper um relacionamento contínuo entre os pais psicológicos (§ 10.3) e a criança, ou procura estabelecer uma oportunidade para que se desenvolva um relacionamento desse tipo. Sob tais intervenções, a decisão do tribunal deve assegurar à criança a alternativa menos prejudicial disponível (§ 10.6).

§ 30.3 Obrigação do interventor

Presume-se que uma criança seja desejada (§ 10.2) em sua colocação atual. Se a colocação da criança vai ser alterada, o interventor, excetuando-se as questões de custódia em caso de divórcio ou separação, deve provar *duas coisas*:

(i) que a criança não é desejada, *e*
(ii) que a colocação atual da criança não é a alternativa menos prejudicial disponível (§ 10.6).

Nas questões de custódia em caso de divórcio ou separação, o interventor, que é o adulto que procura obter a custódia, deve provar que ele ou ela é a alternativa menos prejudicial disponível (§ 10.6).

§ 30.4 Condição de parte da criança

Sempre que um interventor procurar alterar a colocação de uma criança, a criança deve receber a condição de parte na questão. A criança será representada por advogado independente. *

---

* Ver Capítulo 7 de *Before the Best Interests of the Child* (Free Press, 1979).

§ 30.5 Dispositivo incondicional definitivo

Todas as colocações serão incondicionais e definitivas, isto é, o tribunal não reterá jurisdição contínua sobre um relacionamento entre pais e criança, nem estabelecerá ou reforçará condições tais como direito de visitas. *

§ 30.6 Marcação de tempo para audiência e apelação

Os julgamentos e apelações devem ser conduzidos tão rapidamente quanto possa condizer com a tomada de uma decisão responsável. O tribunal estabelecerá um tempo para a audiência, para a decisão e para a revisão em instância de apelação, de acordo com o sentido de tempo específico da criança (§ 10.5), maximizará as oportunidades de todas as partes interessadas para que suas reclamações objetivas sejam ouvidas desde que ainda viáveis, e minimizará a ruptura dos relacionamentos entre os pais e a criança (§ 30.1).

---

* Ver Epílogo.

QUARTA PARTE
EXAMINANDO NOSSAS PREMISSAS

Capítulo 8

POR QUE OS INTERESSES DA CRIANÇA DEVEM TER PRIMAZIA?

Alguns dirão que as opiniões apresentadas neste volume são tão voltadas para a criança que se negligencia as necessidades e os direitos dos adultos. Na verdade, não é nada disso. Não existe parcialidade em nossa posição no sentido de que os interesses da criança devem ser a consideração primordial desde que, mas não antes que, a colocação de uma criança se torne objeto de controvérsia oficial. O outro lado da medalha é que, para se harmonizar com a diretriz de continuidade, a lei deve salvaguardar os direitos de quaisquer adultos, que sirvam como pais, de criarem seus filhos como acharem conveniente, livres da intervenção estatal e livres de importunações de adultos reclamantes frustrados que querem obter alguma coisa com o apoio da lei.* Dizer que o relacionamento existente entre uma criança e um determinado adulto, o pai psicológico, não deve ser interrompido é também dizer que os direitos desse adulto estão protegidos contra a intrusão do Estado em benefício de outros adultos.

Como ficou esclarecido neste volume, portanto, a colocação de uma criança deve ter inteiramente como base a consideração do estado interior da própria criança e de suas necessidades de desenvolvimento. Por mais simples que pareça essa regra, há circunstâncias em que sua aplicação é difícil, mesmo com fartas provas em apoio dos interesses da criança. A

---

* Naturalmente, todos os pais estão sujeitos à intervenção do Estado por delinquência, negligência, abandono e maus-tratos da criança. O que não implica que a lei tenha criado normas adequadas para descobrir tais coisas.[1]

ordem de aplicação desconhece que as leis são feitas por adultos para proteção dos direitos dos adultos. ²

Estão profundamente arraigadas nos adultos restrições irracionais quanto à primazia dos interesses da criança. Tais restrições — sentimentos ambivalentes — não podem ser defendidas, exceto por motivo de prioridades claras e imperiosas, quando existe conflito sobre a colocação da criança. Os sentimentos negativos do adulto podem ser restringidos, mas não evitados, por sua consideração racional e afetuosa para com as crianças. * Se a criança for o pomo da discórdia entre adultos ou suas instituições, há uma infinidade de subterfúgios pelos quais essas atitudes negativas irracionais encontram expressão. Tais atitudes negativas são reações do adulto às exigências, tendências competitivas e influências regressivas da criança. Além disso e com mais base, tais atitudes destrutivas expressam o sentido de expectativa dos pais de serem substituídos pela criança. Universalmente, os adultos sentem as crianças como representantes de sua mortalidade e de sua imortalidade.

As decisões do tribunal são tomadas por juízes que, como os outros seres humanos, são propensos a responsabilizar as pessoas pelas conseqüências de suas próprias ações deliberadas, ou a simpatizar com elas, quando as ações lhes são impingidas contra sua vontade por adversidades sobre as quais não têm nenhum poder de controle.

Os juízes podem estar prontos a serem convencidos pela argumentação do advogado da criança e pelas provas contra os pais biológicos que reivindicam a posse de uma criança que foi deliberadamente abandonada por eles ou em relação a cuja adoção mudaram de idéia tarde demais. Muitos podem argumentar que, afinal de contas, a perda da criança pelos reclamantes é o resultado lógico de seu próprio comportamento.

Quando o abandono pelos pais biológicos é completamente involuntário, o juiz, apesar da necessidade da criança, pode reagir de maneira inteiramente diferente. Julgará os pais como inocentes vítimas da guerra, de doenças ou de qualquer outro motivo de *força maior*. Um eloqüente exemplo são os pais judeus da Holanda que voltaram dos campos de concentração para reclamar seus filhos no fim da Segunda Guerra Mundial. Haviam confiado seus filhos a compatriotas não-judeus e esperavam reencontrá-los. Muitas dessas crianças se tinham tornado completamente estranhas a seus pais biológicos, tendo crescido intimamente ligadas às famílias de seus pais de criação. A escolha em tais circunstâncias trágicas é entre causar um intolerável sofrimento à criança, que é abruptamente arrebatada de seus pais psicológicos, e causar mais sofrimento intolerável a adultos

---

* De maneira idêntica, os sentimentos positivos de afeto, quando não suficientemente equilibrados, impõem uma carga indevida sobre os ombros da criança.

POR QUE OS INTERESSES DA CRIANÇA? 75

já vítimas que, depois de terem perdido a liberdade, os meios de subsistência e as posses materiais, perdem também a posse de suas crianças.

Nesse caso, o governo holandês decretou que as crianças fossem devolvidas a seus pais biológicos, não deixando, com isso, alternativas para a justiça examinar caso por caso. * Não obstante, há muitas situações de impacto semelhante, não menos trágicas, conquanto com menos repercussão, a serem enfrentadas pelos que têm a responsabilidade de decidir um caso de colocação de criança contestado. As diretrizes esclarecem, para os responsáveis pela lei, a amplitude, complexidade e natureza das escolhas com que se deparam.

O juiz Baltimore, geralmente um firme defensor dos interesses da criança, revela quão difícil e penosa é a escolha na seguinte decisão.

> Apesar da minha simpatia por adultos vítimas de tragédias, a escolha em juízo não é diferente, embora aparentemente bem mais difícil, do que parece em casos de adoção por parte de pais de criação por direito consuetudinário. Seja qual for a decisão do tribunal, existe sofrimento. Talvez sejam os pais biológicos, já vitimados pela pobreza, educação precária, saúde em mau estado, preconceito, sua própria ambivalência ou outras circunstâncias a serem privados de sua criança. Podem ser os pais psicológicos que se vejam privados da criança de quem cuidaram durante tanto tempo, com tanto amor. Podem ser todos eles.
>
> Se eu, de acordo com meu juramento, devo efetivar a preferência do Estado pelo atendimento dos interesses da criança, minha escolha e decisão são claras, embora não fáceis, como raramente o são. Devo decidir não perturbar o relacionamento da criança com seus pais por lei comum. Mais precisamente, devo até recusar aos pais biológicos a oportunidade de questionarem a colocação existente da criança "deles", a não ser que possam apresentar provas de que a criança "deles" está sendo negligenciada ou abandonada. Por mais

---

* "No fim da Segunda Guerra Mundial, cerca de 4500 crianças judias estavam escondidas nesse país. No que tange a cerca de 2500 delas, um dos pais ou ambos sobreviveram à guerra e, nesses casos, as crianças foram devolvidas a seus pais, conforme prescrevia a lei.

"Quanto às 2000 restantes, em sua maioria, foram confiadas a membros de suas famílias judias, mas cerca de 360 foram deixadas aos cuidados dos pais de criação não-judeus, casos que levaram a violentas questões, algumas prolongando-se por muitos anos.

"Não houve qualquer conflito por esse motivo 'entre os dois grupos de pais'. Naturalmente, houve dificuldades emocionais quando as crianças foram devolvidas a seus pais naturais." [3]

desagradável que seja e deva parecer aos pais biológicos, seu comparecimento no tribunal não é mais cruel do que o de um estranho.

Como juiz, tenho que reconhecer como irrelevantes sentimentos que surgiram em mim em virtude das minhas experiências de infância, da minha própria preocupação acerca de ser pai e de minhas origens religiosas. Esses sentimentos me compeliriam a colocar a criança junto a seus pais biológicos como compensação ao sofrimento deles, não fosse a diretriz que acentua a necessidade que a criança tem de continuidade.

E mais, para voltar ao problema da escolha judicial como foi originariamente colocado, reafirmo que, desde que se encontre a alternativa menos prejudicial, tais decisões maximizam o conhecido benefício e minimizam o conhecido prejuízo para todas as partes interessadas. O fato de deixar ininterrupto o relacionamento da criança com seus pais por lei comum protege o bem-estar do maior número. Favorecer os pais biológicos seria impor um sofrimento intolerável tanto à criança quanto aos pais psicológicos. Favorecer a criança seria também favorecer seus pais psicológicos. Se ao interesse de cada ser humano for atribuído peso igual, mais interesses inclinarão o prato da balança no sentido de deixar os pais biológicos sozinhos do que permitir que tenham êxito.

Tem-se falado que o adulto terá remorsos em privar o outro adulto da criança, ou que a própria criança se sentirá desprezada por um grupo de pais ou pelo outro. Porém, atribuir ao processo judicial a capacidade de calcular e pesar a importância de tais imponderáveis está fora da realidade.

Permitam-me agora que me dirija aos que argumentam que o interesse do adulto, e não o da criança, deve ter primazia. Mesmo que tal política fosse adotada, o tribunal seria fortemente pressionado, na maioria dos casos, a determinar se os pais biológicos ou os pais psicológicos, ou quais dos pais que estão se divorciando, seriam os mais prejudicados pela negação de custódia.

O Estado pode, naturalmente, definir uma outra política a ser aplicada em casos de extremo sofrimento, resultantes de grandes tragédias, como a situação holandesa. Os pais que foram forçados a abandonar seus filhos contra a sua vontade teriam um direito superior a todos os demais de reaver a sua custódia. O Estado teria a incumbência de assistir esses pais na procura de seus filhos e de reforçar seu direito de voltar a terem sua posse. Pode-se alegar que qualquer outra política violaria uma ética fundamental de uma sociedade civilizada, independentemente das necessidades e estado de espírito da criança individualmente.

Porém, depois de rever os argumentos para cada uma dessas políticas, volto às diretrizes que orientaram minhas decisões. Estou convencido de que, de modo geral, a sociedade deve usar a colocação de cada criança como ocasião para proteger futuras gerações de crianças, por aumentar o número de futuros adultos mais capazes de se tornarem pais adequados. Somente com o cumprimento dessa política existe uma oportunidade real de se começar a quebrar o ciclo de males e sofrimentos que são transmitidos de geração a geração por adultos que foram crianças às quais foi negada a alternativa menos prejudicial.

Epílogo

MAIS ALGUMAS OBSERVAÇÕES SOBRE A APLICAÇÃO DO MODELO DA ALTERNATIVA MENOS PREJUDICIAL

Depois de publicado em 1973, este livro provocou o comentário crítico de muitas pessoas interessadas por crianças e lei. Voltamo-nos aqui para duas das questões que várias vezes atraíram nossa atenção e que sugeriram a necessidade de esclarecimento do modelo de alternativa menos prejudicial, particularmente no que se aplica ao dispositivo de decisões. [1]

I. As diretrizes — A simplicidade é a máxima sofisticação

A juíza Nanette Dembitz, da Vara de Família do Tribunal do Estado de Nova York, é uma das mais credenciadas intérpretes do argumento de que as diretrizes de *Beyond the Best Interests of the Child* simplificam demais as complexas questões das disputas de colocação de criança. Em um artigo intitulado "Beyond Any Discipline's Competence", ela escreve que a promessa do livro de proporcionar diretrizes "é sedutora, mas impossível; os autores deixam de apresentar escalas de medida utilizáveis porque a mistura de fatores a serem avaliados nas questões de custódia é complexa demais". [2] Complexa demais para quê? Na certa, não complexa demais para permitir que o tribunal decida o que não pode deixar de decidir, principalmente quem, entre os adultos em disputa ou entidades de assistência à infância, tem a primazia, quem deve assumir o controle e a responsabilidade de pais para a criança. Existe, contudo, uma importante verdade no título do artigo de crítica. Esta verdade, que os juízes muitas vezes ignoram, é que está acima da competência de qualquer juiz ou, nesse assunto, de qualquer disciplina avaliar o amálgama de fatores humanos em qualquer disputa sobre a colocação da criança para os fins de se fazer previsões a longo prazo ou ditar condições especiais de custódia.

Os juízes que partilham a posição de Dembitz confundem sua *autoridade* para fazer com sua *capacidade* para fazer. Deixam de entender que o *quem* e o *como* da custódia são e devem ser separados. É sobre o *quem* que os juízes devem e podem decidir. É o *como* que está acima da competência de qualquer juiz. Mas os juízes muitas vezes deixam de ver o que deve ser óbvio, que o caráter complicado e delicado do relacionamento pais-criança coloca isso acima do poder construtivo deles (não, entretanto, acima de seu poder destrutivo).

As ligações de família são um processo complexo e vulnerável demais para ser manobrado antecipadamente e à distância por um instrumento tão bruto e impessoal quanto a lei. Ao rejeitar essa simples diretriz como simplista, os juízes se tornam supersimplistas. Deixam-se seduzir pela crença de que podem penetrar nos meandros cegos da justiça para pesar e avaliar os "amálgamas de fatores" que estão acima da competência de todas as outras disciplinas.

Se os juízes seguissem as diretrizes traçadas neste livro, restringiriam sua atividade a responder à única pergunta a que realmente podem e devem responder, ou seja, *quem* terá a custódia, e não *como* ou *sob que condições* o que tem a custódia e a criança devem relacionar-se entre si e com os outros. Mas, assim como os pais bem intencionados e superprotetores, e muitas vezes destrutivos, que não sabem quando parar, tais juízes decidem não somente *quem* deve ser pai e mãe, mas também *como* a criança deve se relacionar com eles — como deve, por exemplo, ser educada, medicada e visitada.

Com demasiada freqüência, os juízes se comportam como se a função de decidir sobre a colocação fosse proporcionar à criança juízes autônomos e não pais autônomos. Agem como se a doutrina *parens patriae* e o modelo "maior interesse" lhes concedessem a competência de serem bons, ainda que ausentes, superpais com poder de veto. Os tribunais, órgãos administrativos e especialistas em que se apóiam, devem aprender a respeitar essas noções simplistas sobre os relacionamentos entre pais e criança. Não podem mais negar o que sua própria experiência deve tornar óbvio para eles, a saber, que têm tempo e capacidade para prejudicar, mas não para proteger ou acompanhar o desenvolvimento sadio dos laços de família. Em seus papéis profissionais, eles não podem ser pais das crianças de ninguém. No máximo e na melhor das hipóteses, a lei pode facultar uma nova oportunidade de relacionamento entre uma criança e um adulto, livre da ingerência coercitiva do Estado.

As diretrizes de continuidade inspiradas na psicanálise, as do sentido de tempo de uma criança e as das limitações da lei e do conhecimento são

APLICAÇÃO DA ALTERNATIVA MENOS PREJUDICIAL　　　　　　　　　　81

simples, mas não simplistas. Surgiram do reconhecimento de quão complexo e vulnerável é o processo de crescimento. Reconhecem quão vital é para uma criança estar segura quanto ao sentimento de que seus "pais" estão à frente de tudo. Excetuando-se as colocações em instituições e cuidados de criação temporária (na verdade a curto prazo), os juízes devem sair de campo decisivamente após haverem decidido quem terá a custódia, na expectativa de que os adultos selecionados sejam dignos de confiança para atenderem às necessidades de sua criança, que mudam a cada dia.[3] Precisamente pelo fato de as relações humanas serem complicadas, os tribunais e os órgãos administrativos devem ter diretrizes simples, que levem a uma restauração imediata e inequívoca da privacidade de família assim que a criança for colocada. Isso também é exigido pelos pressupostos de autonomia paterna e uma política de intervenção estatal mínima. A simplicidade é a sofisticação máxima na decisão de colocação de uma criança.

II. Visitas

Nossa conclusão de que os pais que não têm a custódia não devem ter "nenhum direito legalmente exeqüível de visitar" seus filhos veio comprovadamente a ser o aspecto mais incompreendido, mais controverso e mais combatido de nossa sugestão de que todas as colocações, excetuando-se as de emergência e outras verdadeiramente temporárias, devem ser incondicionais. Interpretaram mal, dando o sentido de que nos opomos à continuação de contato entre uma criança e seus pais que não têm a custódia. Atacaram com o argumento de que nossa posição (*a*) choca-se com o modelo de alternativa menos prejudicial, especialmente com a diretriz de continuidade; (*b*) priva a criança de seu direito básico de manter laços com os pais que não têm a custódia; e (*c*) coloca um instrumento de vingança nas mãos dos pais que têm a custódia (geralmente uma mãe raivosa) que a usará para provocar rancor nos pais que não têm a custódia (geralmente um pai contrariado e com motivos para se aborrecer).[4]

　　Foi nosso raciocínio, sempre do ponto de vista da criança, que os pais detentores da custódia, e não os tribunais ou os pais sem a custódia, devem ter o direito de determinar quando e se é desejável combinar visitas.[5] Vimos afirmando e continuamos a afirmar essa posição por estar acima da capacidade dos tribunais forjar ou manter relacionamentos positivos entre duas pessoas que estão em conflito uma com a outra; porque, forçando as visitas, os tribunais têm mais probabilidade de impedir a criança de desenvolver uma ligação digna de confiança com qualquer um dos pais; e porque as crianças que estão abaladas, desorientadas e confusas com a desagregação de sua família precisam de uma oportunidade para se acomodar no recesso de sua família reorganizada sob a chefia de uma pessoa com quem possam contar para responder às suas perguntas e para proteção contra interferências externas. Afinal de contas, a finalidade de cada decisão de colocação, seja ela por nascimento, segundo atestado, ou mais tarde por intervenção mais direta do Estado, é proporcionar a toda criança uma oportunidade — que não seja interrompida por nova intrusão — de estabelecer ou restabelecer e manter laços psicológicos com aqueles a quem foi confiada. *

Uma criança se desenvolve melhor quando pode ter plena confiança em que os adultos por ela responsáveis são os árbitros de sua assistência e controle à medida que se encaminha para a plena independência da vida adulta e, pouco a pouco, venha a contar consigo própria como responsável por si mesma. Um tribunal solapa essa confiança quando submete os pais que têm a custódia a regras especiais para criá-la, por exemplo, organizando (até mesmo com horários) as visitas com os pais que não têm a custódia. [7] Aos olhos da criança, o tribunal, fazendo-a agir contra os desejos expressos de seus pais que têm a custódia, lança dúvida quanto à autoridade e à capacidade de seus pais como pais. Prejudica, principalmente em se tratando de criança mais nova, sua confiança no poder de seus pais para protegê-la contra as maléficas ameaças do mundo exterior. Leva a criança mais velha a manipular seus pais, invocando a mais alta autoridade do tribunal, ao invés de aprender a resolver as coisas com seus pais que têm a custódia. Nossa diretriz de continuidade foi formulada em razão direta dessas considerações. Então frisamos a necessidade de que o relacionamento já em desvantagem entre a criança e seus pais de custódia não fosse infestado com a interminável ameaça de rompimento, por parte da autoridade impessoal do tribunal.

Contudo, não fomos nem somos contra as visitas. Na verdade, sendo bem equilibradas as outras coisas, os tribunais, com o propósito de ficar em consonância com a diretriz de continuidade, podiam conceder a custódia ao pai ou mãe que tivesse mais disposição de proporcionar à criança oportunidade para ela ver o outro pai ou a outra mãe. E — mesmo sem acreditar que um pai (ou mãe) sem a custódia possa ter o mesmo papel importante na vida de uma criança que um pai ou mãe em uma família intacta — geralmente encorajamos os pais de custódia, que procuram nosso conselho, a facilitar a manutenção do relacionamento entre a criança,

---

* As colocações temporárias devem estar sujeitas a condições em prol de seu objetivo. [6] A assistência de criação a curto prazo e as colocações de emergência devem ser destinadas e administradas de maneira a salvaguardar e manter a continuidade dos laços com os pais ausentes, com os quais se espera que a criança volte a reunir-se. E as colocações temporárias à espera de uma decisão final em uma questão de custódia devem garantir que os adultos em disputa tenham ambos acesso à criança.

principalmente a mais velha, e seu pai ou mãe sem custódia.* Mas esse conselho não pode ser e não é nada mais do que isso. Os pais que têm a custódia devem continuar livres para aceitar ou recusar nossas noções acerca da importância da continuidade. A diretriz não pode mais ser imposta em favor do relacionamento, agora secundário, da criança com o pai ou a mãe que não tem a custódia sem violar a necessidade da criança de continuidade do relacionamento primitivo com seus pais de custódia. Com o passar do tempo e a mudança das circunstâncias, a criança precisa de um pai ou de uma mãe que possa com ela encontrar meios de satisfazer seus desejos de ver ou de não ver o outro pai ou mãe, assim como de lidar com suas alegrias e tristezas depois das visitas e com sua mágoa quando os pais sem a custódia se recusam a manter contato ou deixam de aparecer. Visitas significativas para a criança só podem ocorrer quando tanto os pais com custódia como os sem custódia têm a intenção de fazê-las dar certo.[8] Sendo assim, não é somente desnecessário, mas também indesejável um mandato do tribunal de justiça. Não sendo assim, esses mandatos e a ameaça, ou mesmo a tentativa de executá-los, não podem fazer qualquer bem à criança.[9]

Nossas razões contra as visitas impostas pelo tribunal parecem ser reconhecidas quando os tribunais resolvem questões sobre visitas camufladas sob os rótulos de custódia "conjunta" ou "separada". Por exemplo, em *Braiman v. Braiman*, o ministro Breitel, presidente do Supremo Tribunal de Recursos de Nova York, anulou uma ordem de custódia conjunta, por motivos que se aplicam a todos os outros tipos de ordens de visitas. O tribunal de instância inferior tinha "concedido aos pais conjuntamente [dois filhos com idade de seis e sete anos e meio] passarem os dias úteis com a mãe e os fins de semana com o pai". O juiz Breitel disse: "Confiar a custódia de crianças pequenas a seus pais (divorciados) conjuntamente, especialmente quando a responsabilidade e o controle compartilhados incluem alternar a custódia física, é insuportável quando os pais são seriamente antagônicos e vivem em pé de guerra um com o outro. ... Isso só pode pro-

---

* As visitas em circunstâncias favoráveis são, na melhor das hipóteses, um substitutivo precário para um pai ou mãe na família. As visitas de fim de semana não compensam a ausência dos pais em momentos cruciais da vida dela. As visitas prolongadas nas férias só servem, na grande maioria dos casos, para despertar dificuldade de disposição para a volta ao pai ou mãe de custódia, ou, no mínimo, aumentam o conflito de lealdade entre os dois "parceiros". Mas, desde que a criança tenha mais de cinco ou seis anos, pode não estar disposta a desistir do relacionamento com um pai ou uma mãe que tenham tido uma grande participação em seu desenvolvimento inicial. Nessa época, ela sentiu brotar em si mesma sua mais primitiva confiança irrestrita nos pais, aprendeu a criticar, a tomar partido nas desavenças, começou a compreender que os pais de certa forma dividem entre si a responsabilidade pela separação. Em suma, o progresso de sua capacidade cognitiva pode ajudá-la nas dificuldades inerentes à situação.

vocar o caos na família. ... Além de tudo, seria preciso mais do que um razoável autocontrole para proteger as crianças, quando vão de uma casa para outra, dos maus sentimentos, do ódio e do desrespeito que cada um nutre pelo outro". [10] Depois de fazer ver que o tribunal deve "reconhecer a divisão de fato da família" e que "não existem soluções fáceis", o juiz Breitel disse: "Excepcionalmente, a custódia conjunta pode aproximar os relacionamentos com a família anterior mais intimamente do que outras combinações de custódia. Não pode, porém, ser indiscriminadamente substituída por uma concessão de custódia exclusiva a um dos pais". [11] O que o tribunal deixa de reconhecer é que nenhum pai ou mãe tem custódia exclusiva enquanto ele ou ela estiver sujeito a regras de visita, e que os tribunais são tão impotentes para forjar afeição mediante uma ordem de visita quanto o são para decretar qualquer outra forma de custódia, "conjunta", "dividida" ou "separada". *

Finalmente, os tribunais e comentaristas, cegos pelo fantasma de pais de custódia rancorosos, que negam as visitas prejudicando a criança, rejeitaram nossa posição, com a enganosa afirmativa de que a visita ou acesso é um direito da criança e não dos pais. De fato, sujeitando uma concessão de custódia a um mandado impondo visitas, o tribunal não protege o "direito básico" da criança de ver seu pai ou sua mãe que não tem a custódia. [13] Meramente transfere o poder de privar a criança do seu "direito" *do* pai ou mãe de custódia *para* o pai ou mãe sem a custódia. Os mandados de visita tornam o pai ou mãe que não tem a custódia — ao invés do pai ou mãe que é responsável pelos cuidados com a criança diariamente — a autoridade suprema para decidir se e quando visitar. Mesmo que o tribunal ordene as visitas porque acredita que atendem ao maior interesse da criança, o pai ou mãe sem a custódia continua livre para não visitar, para "revogar" o tribunal sem risco de incorrer em desacato. O tribunal é impotente, como deve ser, para ordenar aos pais sem a custódia que visitem seus filhos "que estão esperando". Mas o tribunal tem o poder corrosivo de fazer uma criança ser removida à força de um pai ou mãe de custódia que se recusa a permitir visitas, ou de aprisionar este pai ou mãe por desacato. Quando exerce esse poder, o tribunal demonstra para a criança — e na verdade para as outras crianças da família não sujeitas a mandados de visita — que seu pai ou mãe de custódia não é digno de confiança e é impotente para protegê-la. Os tribunais obscurecem as verdadeiras questões, quando dizem o que não podem querer dizer — que a visita é "um direito básico da criança e não um direito básico dos pais". [14]

---

* Compreende-se que estes termos sejam às vezes usados para descrever combinações idênticas. Do ponto de vista de uma criança, a custódia tem mais probabilidade de "separar" ou "dividir" do que "juntar", enquanto seus pais estiverem em conflito. [12]

Os argumentos e as conseqüências de um parecer de um juiz da Vara de Família de Nova York ilustram muito bem a maneira como os tribunais justificam o exercício de seu poder de forçar visitas e porque continuamos a insistir em que eles devem ser privados dessa autoridade:

PIERCE V. YERKOVICH

363 N.Y.S. 2d 403 (1974)

Hugh R. Elwyn, juiz:

O requerente, Franklin Pierce, reconhecido pai de uma criança ilegítima, pleiteia lhe seja definido e respeitado seu declarado direito de visita à sua filha de cinco anos de idade [Joanna], direito esse que a mãe tem, no curso do ano e meio passado, sistematicamente recusado reconhecer.

Não está em questão a custódia da criança. O que está em questão é se, mediante menos ênfase nos direitos paternos ... e estrita adesão ao critério "maior interesse da criança", como foi concebido e definido pela mãe unicamente, o tribunal deve permitir à mãe, como parte que tem a custódia, a prerrogativa de determinar, senão de negar, quando e sob que circunstâncias, a criança pode ver seu pai, como está sendo reivindicado em juízo, ou se o tribunal deve exercer sua autoridade como *parens patriae*, para temperar a máxima "maior interesse da criança" com um reconhecimento de que o pai de uma criança, mesmo sendo ilegítima, tem o direito de união com sua criança o que ... deve ser reconhecido pelos tribunais.

* * *

Na história do relacionamento desses pais, é óbvio que a criança não nasceu de um relacionamento ocasional, mas sim de um relacionamento que durou mais de dois anos e meio e no qual, mesmo depois da separação e até pouco antes do casamento dela [em julho de 1973], os contatos entre pai e filha foram muito incentivados pela mãe. É igualmente claro que até a ocasião do casamento da mãe, quando a atitude da criança para com seu pai mudou completamente, pai e criança desfrutavam de um relacionamento pai e filha mutuamente gratificante de caloroso afeto.

Duas vezes durante o curso deste longo processo que foi iniciado em outubro de 1973, o tribunal, por solicitação do requerente, permitiu-lhe levar sua filha à sua casa na Flórida, em visitas, uma primeira vez por duas semanas, em abril de 1974, e uma segunda vez, por um mês, em julho e agosto, sob a condição de fazer um depósito em dinheiro de US$ 10.000 para garantir o retorno da criança à casa da mãe e o controle do tribunal. Em ambas as vezes o requerente prontamente cumpriu a condição e a criança foi devolvida à casa da mãe no prazo marcado.

Em nenhum momento houve qualquer indicação de que o pai não fosse capaz de ter a custódia de sua filha, ou de que, quando esta esteve temporariamente sob sua guarda, tenha havido outra coisa senão atenções e cuidados para com ela. Na verdade, a prova fotográfica neste caso mostra que, quando a criança ficou sob a custódia do pai, foi tratada com o maior carinho que um pai amoroso pode dar.

O tribunal está perfeitamente satisfeito com a evidência de que o requerente é sob todos os aspectos uma pessoa totalmente apta a dar assistência e custódia temporárias à sua filha, até mesmo por um longo período de tempo. Ele demonstrou, com os depósitos substanciais que fez em benefício da filha, sua preocupação com sua segurança financeira e, por duas ocasiões diferentes, demonstrou ao tribunal sua responsabilidade financeira. E o que é mais importante, também demonstrou sua inteira confiabilidade.

Dessa maneira, uma decisão neste caso não deve considerar a capacidade do pai e da mãe de ter a custódia permanente ou temporária da criança, mas sim deve basear-se na possibilidade de "no maior interesse da criança" lhe ser permitida alguma ligação periódica com seu pai, ou, como quer a mãe, evitar qualquer contato. Para ajudar na solução desta questão, ambas as partes apresentaram o testemunho de psiquiatras.

O dr. Bernard F. Kalina, psiquiatra de Liberty, Nova York, foi chamado como testemunha da parte do requerente. O dr. Kalina, que tinha examinado a criança em seu consultório, a 12 de março de 1974, em conformidade com ordem judicial, testemunhou ter achado a criança muito inteligente e brilhante, sem qualquer perturbação mental. Manifestou a opinião de que a criança ama seu pai; achava que o sentimento negativo da criança para com seu pai fora causado pelas coisas negativas que a mãe dissera a respeito do pai e explicou a mudança de atitude da criança para com o pai dizendo: "Sinto que suas reações teriam de ser negativas, pois ela ama a mãe e quer agradar a mãe. Se a mãe disse alguma coisa negativa acerca de Franklin, certamente, na presença da mãe, ela teria que agir negativamente".

O dr. Kalina manifestou, além disso, a opinião de que direitos substanciais de visita para o pai "seriam benéficos para a criança. Seriam especialmente benéficos se a mãe pudesse apoiar a visita. Em termos de seu crescimento e amadurecimento — e, na minha opinião, ela ama Franklin —, partilhar esses sentimentos um pelo outro só po-

APLICAÇÃO DA ALTERNATIVA MENOS PREJUDICIAL

deria incentivar o crescimento de seus sentimentos". O psiquiatra não encontrou nenhum motivo pelo qual visitas substanciais poderiam ser prejudiciais à criança; pelo contrário, sentia que proibir futuras visitas teria na verdade um efeito negativo sobre a criança, porque a criança iria sentir-se então rejeitada e confusa e, na sua firme opinião, a criança se beneficiaria dessas visitas porque essas visitas seriam "importantes para seu crescimento integral, mental, físico e espiritual".

* * *

O professor Solnit [em nome da ré] acompanhou um exame clínico de Joanna em duas ocasiões, no Child Study Center da Universidade de Yale.

Disse o professor haver achado a criança apreensiva e ansiosa, e sua impressão era de que ela estava sob extraordinária tensão. "Ela está ansiosa e insegura por causa da experiência que teve, em que as visitas do sr. Pierce são sentidas como uma ameaça para ela e não lhe são confortáveis, especialmente porque ela precisou deixar sua casa para visitar o sr. Pierce logo depois que um novo bebê tinha chegado à sua família. Penso que isso a deixava muito intranqüila, incerta e insegura."

Baseando-se nessas observações clínicas, o professor declarou então que "em (sua) opinião, o maior interesse de Joanna seria satisfeito se ela pudesse sentir que o sr. e sra. Yerkovich eram seus pais ... [tendo] todos os direitos e privilégios de pais ... Em outras palavras, acredito que ela não deve ter a impressão de que lhes falta a autoridade ou a habilidade para lhe darem essa segurança, a sensação de ser querida e permanente em sua família. ..."

* * *

Trata-se na verdade de uma nova e surpreendente doutrina, e, se aceita literalmente como o professor Solnit e seus co-autores Goldstein e Freud frisam com seriedade, deixaria o tribunal despojado em grande parte de seu tradicional papel de *parens patriae* e guardião do maior interesse da criança. Para falar francamente, não creio que a lei deste Estado toleraria que este tribunal, onerado como está com a responsabilidade pelo bem-estar das crianças, abdique tão passiva e abjetamente de suas funções em favor de quaisquer pais, por mais bem-intencionados que sejam. O perigo e a insensatez de tal situação ficam bem ilustrados pelas circunstâncias deste caso em que uma mãe, depois de ter permitido e incentivado bastante a livre união entre pai e criança, acabou, após contrair núpcias, por inverter arbitrariamente sua atitude e está agora sem querer permitir qualquer contato entre sua filha e o homem que é o pai de sua criança. A mudança de atitude da mãe naturalmente refletiu-se na atitude da criança para com seu pai. A criança, que antes era desembaraçada, calorosa e amorosa, tornou-se retraída, apreensiva e ansiosa e, às vezes, se referia a seu pai como um sujeito vil. Tal mudança na atitude de uma criança de cinco anos de idade para com seu pai somente poderia ter acontecido por influência de sua mãe. Embora ela na certa o negue, o tribunal só pode concluir que a mãe, consciente ou inconscientemente, vê agora qualquer ligação ulterior imposta com seu ex-amante como um indesejável lembrete de seu deslize passado e como uma ameaça à estabilidade e segurança de seu casamento.

Conseqüentemente, o tribunal rejeita totalmente a teoria capciosa tão ingenuamente alegada pelo professor Solnit e seus co-autores de que o pai ou a mãe que tem a custódia deve ser o único a ter o direito de determinar, em nome do maior interesse da criança, se o pai ou a mãe sem a custódia deve ou não deve ter permissão de união com seu próprio filho. A experiência e o senso comum ensinam que, dadas as imperfeições da natureza humana, de onde se originam a amargura e o ressentimento que muitas vezes acompanham o rompimento de um caso de amor conjugal ou ilícito, nenhum dos pais pode, sob tais circunstâncias, ser investido com segurança de um poder assim tão suscetível de abuso. ...

Desta maneira, abordamos a questão central e vital neste caso. Seria do maior interesse da criança ser ela protegida pela mãe contra qualquer futuro contato com seu pai, exceto por consentimento tácito da mãe, ou exigiria seu maior interesse que ela devesse, durante todos os anos de sua formação e crescimento, manter alguma união contínua com um pai que havia plenamente demonstrado seu amor e cuidado para com sua filha?...

Qualquer análise desta situação nos leva de volta a uma verdade fundamental que os psiquiatras, com tudo o que dizem a respeito dos pais psicológicos, têm a tendência de esquecer. Joanna, como todo mundo, nasceu de dois pais e, a meu ver, nenhum deles tem qualquer direito exclusivo, dado por Deus, de controlar seu destino.

Não devemos permitir que o conceito de paternidade psicológica obscureça a verdade de que "o pai natural tanto quanto a mãe natural permanecem como pai e mãe, não importa quão estranhos pais e criança possam tornar-se".

Apesar das circunstâncias de seu nascimento, Joanna um dia ver-se-á diante do fato de que deve por certo ter um pai. Como disse o dr. Kalina, "Joanna terá que compreender, à medida que ela for ficando mais velha e aprendendo a decidir por si mesma, que o pai realmente existe". Nesse ínterim, disse ele, "seria prejudicial se ela não tivesse permissão para ver ambos os pais".

A Tutora Especial, em seu parecer ao tribunal, tem, em essência, a mesma opinião, quando diz que a recusa da mãe ao pai a todo e qualquer direito de visita "levanta a questão, não abordada pelos litigantes, neste particular, se uma criança tem o direito de chegar a conhecer e estimar aquele que é seu pai". E diz mais: "A mãe de Joanna admitiu que Joanna não sabe das circunstâncias de seu nascimento, mas dia virá em que ela deve saber. A verdadeira questão é se será emocionalmente perturbador demais para Joanna que o requerente a veja com regularidade".

Com base em seu considerável contato pessoal com a criança e seus pais, a Tutora Especial declara que "chegou à conclusão de que a ré considera qualquer contato com o requerente não somente desagradável, como também muito perturbador, e não há dúvida de que isso se transmite, conscientemente ou não, a Joanna que, por sua vez, fica perturbada e apreensiva com a situação".

A Tutora Especial conclui: "Não tenho possibilidade de acatar a opinião do dr. Solnit que não dá ao pai nenhum direito em relação à sua criança se a mãe determina que não deve ter nenhum. Acho que se este for o caso, a certa altura, ao longo do período de seu crescimento e desenvolvimento, Joanna irá perguntar a si mesma e aos que a cercam 'quem sou eu' e 'de onde eu vim' e 'quem é *realmente* meu pai?'. Acho que Joanna tem o direito de conhecer e estimar a pessoa que é seu pai e de avaliar de que tipo é, bom ou mau. Por outro lado, acho que não teria nenhuma finalidade útil permitir ao requerente freqüentes visitas que poderiam quebrar a paz, a segurança e estabilidade da família Yerkovich".

"Joanna é uma criança muito nova, e concordo com o dr. Solnit quando diz que ela tem necessidade de estabilidade e segurança. Também o fato de ela estar agora freqüentando a escola efetivamente impede qualquer visita que interfira nisso."

É recomendação da Tutora Especial que se conceda ao requerente visita limitada à criança fora do lar dos Yerkovich mas na área. ...

O tribunal se diz de acordo com as opiniões e recomendações da Tutora Especial. Não compartilho do medo do professor Solnit de que maiores contatos da criança com seu pai venham a interferir em seu desenvolvimento e na sua capacidade de pensar e de se relacionar com as pessoas. Pelo contrário, temo que a privação de união futura com seu pai natural tenha mais probabilidade de tolher e deformar seu amadurecimento e desenvolvimento como adulto emocionalmente estável. Sua habilidade de pensar e de se relacionar com as pessoas não vai ser favorecida por privação de contato com elas.

Sustento esses pontos de vista porque estou persuadido de que, neste caso especial, este pai com suas normas, conselhos e exemplo pode contribuir muito para moldar e consolidar o caráter e a personalidade de sua filha e de que a privar de qualquer ligação com seu pai, que tem demonstrado à sociedade seu amor e cuidado por ela, não seria do maior interesse dela.

O tribunal está cônscio de que, quando o pai recomeçar as visitas, estas podem causar à criança algum problema emocional temporário e talvez alguma perturbação na família Yerkovich, mas esse preço deve ser pago para que se atenda ao maior interesse da criança a mais longo prazo. Qualquer transtorno emocional a esta criança causado pela presença do seu pai poderia ser minimizado, se a mãe reconhecesse a realidade das origens da criança e desse apoio ao laço que une pai e filha.

A boa vontade do tribunal em conceder a esse pai uma oportunidade para que Joanna venha mais uma vez a conhecer, amar e respeitar este homem como seu pai não deve ser considerada como insólita. De fato, não faz senão refletir a sabedoria da lei de Deus como foi dada a Moisés no Monte Sinai no Quinto Mandamento do Decálogo: "Honrarás teu pai e tua mãe, para que teus dias possam ser longos sobre a terra que o Senhor teu Deus te deu".

Por conseguinte, incondicionalmente, ao pai é concedido o direito e privilégio de visitar sua filha Joanna em fins de semana alternados, definindo-se o fim de semana como o período que vai de sexta-feira à tardinha, 17 horas, ao domingo às 19 horas, devendo a visita ter lugar fora do lar dos Yerkovich e dentro do Estado de Nova York. Além disso, o requerente pode ter a responsabilidade temporária de assistência e custódia de sua filha durante um mês, no período de 30 de junho a 1.º de setembro de cada ano, sem restrições de viagens.

Considerando que o requerente não teve o privilégio de ver sua filha desde o verão de 1974, é-lhe concedido o direito e privilégio de ter sua filha consigo no fim de semana de 20-22 de dezembro e, daí por diante, em fins de semana alternados.

Franklin Pierce levou Joanna consigo naquele dia 20 de dezembro de 1974. Sua mãe nada pôde fazer senão cumprir o mandado do tribunal. Ela descreveu sua situação como

> espoliada de todo o poder de proteger minha filha. Às cinco e meia daquela tarde, Franklin Pierce chegou à nossa porta com um Oficial

de Justiça. ... As lágrimas escorriam do rostinho de Joanna. Ficou me pedindo para fazer alguma coisa. Garanti-lhe que era apenas por dois dias e que logo, sem sentir, ela estaria de volta à casa conosco para o Natal. Enquanto eu abotoava o seu casaco, ela repetia: "Mãezinha, por favor, diga pra ele me deixar em paz. Eu só quero ficar com minha família". Ray (o marido da sra. Yerkovich, que queria adotar Joanna) estava em pé do lado de fora do nosso apartamento, e eu procurando persuadir Joanna a ir com Franklin Pierce, porque ela devia obedecer a lei. Do lado de fora, ela se agarrou às pernas do seu "Rayzinho" pedindo proteção. Franklin Pierce, vendo que Joanna não iria por bem, puxou-a e colocou-a sobre os ombros, enquanto ela dava pontapés e gritava fora de si. Ele carregou minha filhinha para a sua camioneta Toyota que estava estacionada, enfiou-a dentro e deu a partida.

Joanna não foi devolvida a 22 de dezembro de 1974, como determinava o mandado judicial. Desde então, e até março de 1979, ela não foi mais vista por sua mãe, sua irmã ou seu padrasto. * Tais são as conseqüências cruéis de um sistema judiciário que faz da criança um peão do jogo do tribunal de justiça, uma vítima da teoria simplista de que, como *parens patriae*, este tem a capacidade de acompanhar e dirigir melhor do que os pais de carne e osso o crescimento de uma criança. [15]

---

* Não queremos dizer que as crianças não sejam normalmente devolvidas pelos pais sem a custódia.
Neste caso, o tribunal que tinha ordenado as visitas se recusou a prestar ajuda à sra. Yerkovich para recuperar a custódia de Joanna; a lei estadual, interpretada pelas autoridades estaduais, claramente não reconhece tais operações como seqüestros, e, portanto, quase nada as autoridades puderam fazer. Para além das barreiras do Estado, o FBI alegou não ter jurisdição, pois um pai supostamente legal não pode "seqüestrar" sua própria filha.

NOTAS

Capítulo 1: A Colocação da Criança em Perspectiva

1. Ver Phillipe Ariès, *Centuries of Childhood* (Nova York: Alfred A. Knopf, 1962).
2. Ver Jeremy Bentham, *Theory of Legislation* (Boston: Weeks, Jordan, 1840, vol. I, p. 248):

> A fraqueza da infância exige uma proteção contínua. Tudo deve ser feito para um ser imperfeito que ainda não faz nada para si mesmo. O desenvolvimento completo de seus poderes físicos leva muitos anos; o de suas faculdades intelectuais é ainda mais lento. Em uma determinada idade já tem força e paixões, sem a experiência suficiente para regulá-las. Sensível demais para apresentar impulsos, negligente demais do futuro, tal ser deve ser mantido sob uma autoridade mais imediata do que a das leis. ...

Ver também a opinião escrita em 1889 pelo ministro Brewer em *Chapsky v. Wood* (que citamos no Capítulo 6).

Capítulo 2: As Relações da Criança com seus Pais

1. Ver Lillian Hellman, *An Unfinished Woman* (London: Penguin Books, 1972, pp. 12-3):

> Havia uma figueira frondosa no gramado onde a casa dava para a rua ao lado, e na frente e dos lados da figueira havia três carvalhos que escondiam os figos da casa de pensão da minha tia. Acho que eu tinha uns oito ou nove anos quando descobri os prazeres da figueira... A figueira era frondosa, sólida, confortável e, com o tempo, me convenci de que ela me queria, tinha saudade de mim quando me ausentava, aprovava toda a parafernália que eu fazia para os dias felizes que passei em seus braços: fiz uma braçadeira para pendurar os livros de escola, uma roldana para minha

lancheira, um buraco para a garrafa do refrigerante da tarde, um caniço para pescar e um saquinho fedorento de iscas velhas, um travesseiro enfeitado com uma gravura de Henry Clay a cavalo, que eu havia roubado da sra. Stillman, uma das pensionistas da minha tia, e um cabide oportuno para pendurar meu vestido e meus sapatos a fim de conservá-los em ordem para a volta à casa.

2. *E.g.*, uma pesquisa da Child Psychiatry Unit do Child Study Center da Universidade de Yale para o ano 1972-73 revelou que 29% das crianças estavam vivendo em famílias com apenas um dos pais.
3. Nem sempre é fácil determinar os pais "biológicos" de uma criança. Em casos de inseminação artificial, por exemplo, o doador de esperma pode não ser considerado como pai em qualquer sentido jurídico. Ver *Strnad v. Strnad* 190 Misc. 786, 78 N.Y.S., 2d 390 (1948), citado em J. Goldstein e J. Katz, *The Family and the Law* (Nova York: Free Press, 1965, p. 501). Da mesma forma, uma mulher pode, por dinheiro, dar à luz crianças para um casal sem filhos, o esperma do marido sendo introduzido por inseminação artificial. Ver "Girl Says She Had Baby for Mother", *The New York Times*, 30 de abril de 1964 (p. 30, col. 1), citado em J. Goldstein e J. Katz (*supra*, p. 496).

   No futuro, o aperfeiçoamento de úteros artificiais e de reprodução por clone podem vir a acabar com a teoria da paternidade biológica.
4. As deficiências de desenvolvimento psicológico de bebês de instituições (alguns dos quais receberam excelente assistência física) foram documentadas por muitos estudos. Ver Margaret A. Ribble, *The Rights of Infants* (Nova York: Columbia University Press, 1943); Goldfarb, "Effects of Psychological Deprivation in Infancy and Subsequent Stimulation" (*American Journal of Psychiatry*, 102:18-33, 1945) e "Psychological Privation in Infancy and Subsequent Adjustment" (*American Journal of Orthopsychiatry*, 15:247-55, 1945); René A. Spitz, "Hospitalism" (*The Psychoanalytic Study of the Child*, 1:53-74; Nova York: International Universities Press, 1945) e "Hospitalism: A Follow-up Report" (*ibid.*, 2:113-7, 1946); René A. Spitz e K. M. Wolf, "Anaclitic Depression" (*ibid.*, 2:313-42, 1946); John Bowlby, *Maternal Care and Mental Health* (Genebra: World Health Organization Monograph N.º 2, 1951. Ed. bras.: *Cuidados Maternos e Saúde Mental*, 1981); H. L. Rheingold, *The Modification of Social Responsiveness in Institutionalized Babies* (Monografias da Society for Research in Child Development, vol. XXI, Série N.º 63, N.º 2, 1956); M. A. Ainsworth *et al.*, *Deprivation of Maternal Care: A Reassessment of its Effects* (Genebra: World Health Organization, Public Health Papers 14, 1962); Sally Provence e Rose C. Lipton, *Infants in Institutions* (Nova York: International Universities Press, 1962).
5. Ver, *e. g.*, Revised Uniform Adoption Act (1969), § 14, Efetuação de Petição e Decreto de Adoção:
   (a) Um decreto conclusivo de adoção e um decreto interlocutório de adoção que se tornou definitivo... têm o seguinte efeito:
   (1) exceto em relação ao cônjuge do peticionário e parentes do cônjuge, retirar dos pais naturais do indivíduo adotado todos os direitos e responsabilidades de paternidade e pôr fim a todos os relacionamentos legais entre o indivíduo adotado e seus parentes, inclusive seus pais naturais, de tal maneira que o indivíduo adotado seja daí por diante um estranho para seus primeiros pais para todos os fins, inclusive os de

NOTAS DO CAPÍTULO 2

herança e a versão ou elaboração de documentos, estatutos, e instrumentos, quer sejam executados antes, quer depois que a adoção tenha sido decretada, o que não inclui expressamente o indivíduo por nome ou por alguma designação que não seja baseada em um relacionamento de pai e mãe e criança ou relacionamento consanguíneo...

Se a criança for adotada novamente, os primeiros pais adotivos perdem os direitos legais, sob o termo "parentes" in § 14 (a) (1) supra.

6. Ver, e. g., Revised Uniform Adoption Act (1969), § 5, Pessoas Solicitadas a Consentirem na Adoção:

   (a) ... uma petição para adotar um menor só pode ser deferida se o consentimento por escrito para uma determinada adoção foi dado:

   (1) pela mãe do menor;
   (2) pelo pai do menor, se o menor foi concebido ou nasceu enquanto o pai estava casado com a mãe, se o menor for seu filho por adoção, ou se o menor foi definido como sendo seu filho por seu reconhecimento ou medida judicial. ...

7. Ver, e. g., Revised Uniform Adoption Act (1969), § 12, Residência de Menor Requerida:

   Um decreto decisivo de adoção não pode ser exarado, nem pode um decreto interlocutório de adoção tornar-se conclusivo, enquanto o menor a ser adotado, não sendo enteado do peticionário, não tiver morado na casa adotante durante pelo menos seis meses após colocação por instituição ou pelo menos seis meses após o [Public Welfare Department] ou o tribunal ter sido informado da custódia do menor pelo peticionário e o Departamento ou Tribunal ter tido a oportunidade de observar ou investigar a casa adotiva.

8. Uma atitude semelhante aparece muitas vezes em estatutos. Ver e. g., Subdivisão 3 da Seção 373 da New York Social Welfare Law:

   "ao conceder ordens de adoção ... o tribunal deverá, quando praticável, ... dar custódia ... somente a ... pessoas da mesma fé religiosa da criança". Ver In re Maxwell's Adoption, 4 N.Y. 2d 429, 151 NE2d 848 (1958).

   Não existe dispositivo comparável no Revised Uniform Adoption Act (1969).

9. Ver, e. g., *New Haven Register*, quinta-feira, 2 de novembro de 1972, p. 70, col. 1:

   Cara Ann Landers:

   As pessoas que me adotaram são os únicos pais que conheci. Têm sido maravilhosos e todo mundo me diz que tenho muita sorte.

   Mas existe esta grande brecha na minha vida. Preciso encontrar meus pais verdadeiros. Tenho que saber quais foram as circunstâncias que os levaram a me abandonar. Minha imaginação vôa quando penso no que deve ter acontecido para eles me deixarem.

   Penso cada vez mais nessas coisas. Está ficando de uma forma que eu não penso noutra coisa. Tenho que saber a verdade sobre mim mesmo, para deixar de remoer pensamentos. Não me diga para esquecer, pois não posso. Preciso de algum conselho.

   Confuso de Chicago

Caro Confuso:

 É natural que uma criança adotada queira saber sobre seus pais de sangue; mas, em você, isto está parecendo uma obsessão. Se você tivesse sido adotado através de uma instituição, teria sido combinado na época que a identidade de seus pais naturais nunca seria revelada — e com toda razão. Normalmente, quando uma criança adotada localiza seus pais naturais é problema na certa — tanto para a criança quanto para os pais adotivos. Eu não lhe diria para "esquecer", mas por certo espero, para o bem de todos os interessados, que você não faça disso o objetivo de sua vida. Faça um favor a você mesmo e mude seus pensamentos para alguma coisa mais produtiva e menos arriscada.

Ver também *New Haven Register*, terça-feira, 20 de fevereiro de 1973, p. 38, col. 3-4:

 Cara Ann:

  Posso falar com o jovem que quer encontrar seus pais verdadeiros?

  Caro Confuso: Se você for o bebê que eu larguei, não venha bater à minha porta. Aqui você não encontrará pais verdadeiros. Seus pais *verdadeiros* são o amoroso casal que queria um filho. Eu não quis.

  Francamente, acho que você é egoísta querendo duas famílias. Some as suas venturas e não olhe para trás. Os pais que o criaram amam você e são dignos de sua total devoção. Esqueça-me.

               Flecha Certeira

10. Ver, *e. g.*, "Foster Parents' Manual", da Jewish Child Care Association de Nova York, reimpresso em J. Goldstein e J. Katz, *The Family and the Law* (*supra*, pp. 1019 e segs.).

11. Ver, *e. g.*, "Placement Agreement", da Jewish Child Care Association de Nova York:

 5. Reconhecemos que estamos aceitando a criança colocada conosco por um período indeterminado, dependendo das necessidades da criança ou da situação de sua família. Estamos cônscios de que a responsabilidade legal pela criança de criação é da instituição, e aceitaremos e obedeceremos a quaisquer planos que a instituição fizer para a criança. Isto inclui o direito de determinar quando e de que maneira a criança nos deixará, e concordamos em cooperar com as medidas tomadas para esse fim.

Reimpresso de J. Goldstein e J. Katz (*supra*, p. 1022).

Ver também "Agreement for Board and Care of Children Committed to the State Welfare Commissioner", de Connecticut, que dispõe:

 Tendo em vista receber uma criança [nascida em ...] em minha casa, no seio da minha família, da parte da State Welfare Commission, eu ... residente em ..., por este instrumento concordo com a State Welfare Commission com que, enquanto a referida criança estiver sob os meus cuidados:

 1. À referida criança serão dadas alimentação suficiente e adequada, cama, e não lhe será exigido qualquer trabalho inadequado à sua idade e força.

NOTAS DO CAPÍTULO 2

2. A referida criança será dada plena oportunidade para freqüentar escola nos termos e horários prescritos pelas leis do Estado e o regulamento do State Board of Education.
3. A referida criança será dada plena oportunidade de assistir a serviços religiosos e receber educação dentro dos princípios de sua crença religiosa.
4. A referida criança receberá a devida assistência médica como disposto outrossim no acordo. Todos os acidentes e enfermidades da referida criança serão imediatamente comunicados por mim ao State Welfare Commissioner na agência distrital mais próxima.
6. Fica claramente entendido que esta criança está colocada apenas em base de pensionato e não para ser por mim adotada.
7. O nome da referida criança só será mudado com a aprovação do State Welfare Commissioner e por solicitação ao Supremo Tribunal, conforme disposto na Seção 52-11 dos Estatutos Gerais, Revisão de 1958, comunicando-se ao mencionado State Welfare Commissioner sempre que for feita qualquer mudança de nome.
8. O State Welfare Commissioner se reserva o direito de remover a referida criança, a qualquer momento, da casa mencionada, e com essa remoção fica cancelado imediatamente este acordo.

Condições [financeiras]: ...

12. Ver *e g.*, depoimento em *In re Jewish Child Care Association*, Supremo Tribunal, Nova York, perante o ministro Cortland A. Johnson, 22 de novembro de 1957:

[O dr. Miller, um funcionário da Child Care Association] declarou que a objeção da entidade neste ponto é que o sr. e sra. Sanders [pais de criação] envolveram-se emocionalmente demais com a criança e que seria melhor para a criança que, no fim, diz ela, ficará com sua mãe natural — isto é algo que acontecerá no futuro; não sabemos quando —, que seria melhor para ela ser colocada em uma casa neutra, em uma casa onde se gostasse dela, mas não ao ponto que os Sanders a amam. ...

Reimpresso de J. Goldstein e J. Katz (*supra*, p. 1029).

13. Observe-se a animadora orientação da recente decisão do Tribunal de Nova York, citada no Capítulo 3, nota 14 (*infra*). Ver também nosso debate acerca do caso *Rothman* no Capítulo 6 (*infra*).

14. Ver, *e. g.*, Thesi Bergman em colaboração com Anna Freud, *Children in the Hospital* (Nova York: International Universities Press, 1965, pp. 22-3):

A psicologia infantil psicanalítica não deixa dúvida de que as crianças são emocionalmente dependentes de seus pais e de que essa dependência é necessária para fins de desenvolvimento normal; também de que os relacionamentos em um hospital são, na melhor das hipóteses, precários substitutivos dos relacionamentos de família. Uma vez aceitos tais fatores, o relaxamento das regras de visita se torna uma inevitável conseqüência.

No [Hospital] Rainbow, era dada aos pais a oportunidade de visitarem seus filhos a qualquer hora que quisessem, e de observá-los tanto durante os momentos difíceis quanto nos momentos fáceis, nos períodos de terapia física, atividade de piscina, exercícios, escola, recreio etc. Tinham todo o cuidado para que pais e filhos pudessem agir como se estivessem em casa, uma criança ocasionalmente preferindo brincar com outras crianças enquanto a mãe estava visitando-a em companhia de outras mães ou da enfermeira. As crianças pequenas ficavam principalmente ansiosas para serem colocadas no berço e lá serem aninhadas por suas mães, enquanto as mais velhas prefeririam ficar em pé com seus visitantes tanto quanto possível. Quando não havia epidemias na comunidade, os irmãozinhos visitavam-nas no domingo que, muitas vezes, virava dia de piquenique para toda a família nos gramados do hospital.

Os laços de família eram mantidos, além disso, pelos telefonemas das crianças para suas casas e pelas visitas dos que tivessem tido suficiente progresso na convalescença, às suas casas, vez por outra, nos fins de semana. Estas visitas eram muito boas para fazer as crianças aprenderem a lidar com as suas incapacidades em circunstâncias menos protetoras do que as de um lar normal, a se misturar com amigos e vizinhos após uma prolongada ausência, a serem vistas por eles em uma cadeira-de-rodas ou andando de muletas etc. Os pais acostumam-se desta maneira com a responsabilidade de cuidarem sozinhos de uma criança frágil ou deficiente e aprendem a dominar suas próprias ansiedades.

15. Em alguns casos em alguns Estados, uma criança de criação que não está legalmente adotada pode participar do legado de um pai ou mãe de criação intestado, sob um rótulo como adoção "equitativa" ou "virtual", ou então "adoção" por impedimento. Ver Jeffries, "Equitable Adoption: They Took Him Into Their Home and Called Him Fred", 58 *Va. L. R. 727* (1972). Mas ver *Proffitt v. Evans*, 433 S. W. 2d 876 (Ky. 1968): "A lei comum não dispõe sobre adoções. A estrita observância do estatuto da adoção sempre foi exigida. ... Reconhecer uma adoção *de facto* traria uma situação de caos para a lei".

16. *Painter v. Bannister* 140 N.W. 2d 152 (Iowa 1966) é um caso célebre e interessante sobre a questão. Nele, em uma ação de *habeas-corpus*, um pai biológico procurou reaver a custódia de seu filho de sete anos de idade, que ele tinha deixado com os avós maternos da criança (depois da morte de sua esposa em um acidente de automóvel, dois anos e meio antes). O lar dos avós foi descrito como "estável, confiável, convencional, classe média do meio-oeste" e o do pai biológico como "instável, inconvencional, pseudo-artista boêmio e talvez intelectualmente animador". "Não é prerrogativa nossa", o tribunal de apelação afirmou, "determinar custódia por nossa escolha de uma de duas maneiras de vida dentro de limites normais e adequados, e não faremos isso." Isso coincidiu com a opinião do juiz de que ambas as partes eram aptas para servirem como pais. Embora reconhecendo uma preferência da lei pelos pais biológicos, o tribunal levou mais em conta o bem-estar da criança e concluiu que o relacionamento psicológico existente pais-criança não devia ser perturbado.

Mark estabeleceu um relacionamento pai-filho com [o avô], relação que, aparentemente, ele nunca teve com seu pai natural. Está feliz, bem ajustado e progride otimamente em seu desenvolvimento. Diante de advertências sobre graves conseqüências por parte de um eminente psicólogo infantil, não acreditamos que seja do maior interesse de Mark tirá-lo deste ambiente estável e encaminhá-lo para um futuro incerto na casa do seu pai. Apesar de nossa consideração pelo amor do pai por seu filho e de seu desejo de tê-lo consigo, não acreditamos ter o direito moral de jogar com o futuro desta criança... (*id.* em 158).

17. Estas diretrizes também têm implicações substanciais para a colocação da criança em processos de delinqüência juvenil; contudo, essas implicações não são exploradas neste volume.

18. Para maiores detalhes, ver, *e. g.*, Anna Freud *The Ego and the Mechanisms of Defense* (Nova York: International Universities Press, [1936] ed. rev., 1966) e *Normality and Pathology in Childhood* (*ibid.*, 1965); D. W. Winnicott, *Mother and Child* (Nova York: Basic Books, 1957); Milton E. Senn e Albert J. Solnit, *Problems in Child Behavior* (Philadelphia: Lea & Febiger, 1968); e Sally Provence, *Guide for the Care of Infants in Groups* (Nova York: Child Welfare League of America, 1967).

Capítulo 3: A Continuidade, o Sentido de Tempo de uma Criança e os Limites da Lei e da Predição

1. Um grande número de crianças alojadas sem suas famílias em tempo de guerra na Inglaterra contraíram enurese. Muitos exemplos específicos de regressão em conseqüência de separação são relatados por Anna Freud e Dorothy Burlingham em *Infants Without Families: Reports on the Hampstead Nurseries* (*The Writings of Anna Freud*, volume III, Nova York: International Universities Press, 1973).

2. A história de um caso não incomum desta espécie se encontra em *Carter v. United States*, 252 F. 2d 608 (D. C. Cir. 1957), reimpresso em R. C. Donnelly, J. Goldstein e R. D. Schwartz, *Criminal Law* (Nova York: Free Press, 1962, pp. 784-8):

    Carter foi indiciado, julgado, considerado culpado e condenado à morte por homicídio em primeiro grau. ...
    Na época do crime, Carter tinha 18 anos de idade. ...
    Carter passou os primeiros sete ou oito anos de sua vida com a irmã de seu pai, uma mulher cega. ...
    A tia de Carter entregou-o à Child Welfare Division do Department of Public Welfare. Ele foi forçado a deixar seu primeiro lar de criação. Após seis meses em um segundo lar de criação, foi colocado com um certo sr. e sra. Reed, com quem ficou cerca de quatro anos. Os Reeds acharam-no extremamente difícil. Fazia suas necessidades em suas roupas de vestir e de cama, "com toda regularidade, como se fosse o certo". Muitas vezes batia nas crianças menores sem ser provocado. ...
    Carter deixou os Reeds em agosto de 1949 e foi para a Industrial Home School em Blue Plains. Quando naquela instituição, forçou uma criança a praticar um ato de sodomia, jogou uma faca em outra criança e tinha o costume de brigar com as crianças menores que se recusavam a lhe dar suas coisas. ... Ao completar 16 anos (em dezembro de 1952), Carter foi colocado em outro lar de cria-

ção. Ficou lá por pouco tempo e foi então morar com uma certa sra. Gordon, que pediu às autoridades que o removessem de sua casa depois que ele se masturbou em sua presença.

Daí por diante, Carter mudou-se para outro lar de criação por cerca de um mês, após o que foi novamente colocado em outro lar de criação onde ficou três dias e depois fugiu. Foi encontrado 17 dias depois ... e foi removido para uma Receiving Home for Children. Em seguida, deixou a Receiving Home para morar com seu pai, com ele ficando cerca de um mês. ... Foi detido sob acusação de "ofensa à moral ou voyeurismo", e mandado de volta à Receiving Home. ...

3. Ver Carl Pollock e Brandt F. Steele, "A Therapeutic Approach to the Parents", em: *Helping the Battered Child and His Family*, ed. por C. Henry Kempe e Ray E. Helfer (Philadelphia: J. B. Lippincott, 1972, pp. 3-22); e Brandt F. Steele, "Parental Abuse of Infants and Small Children", em: *Parenthood: Its Psychology and Psychopathology*, ed. por E. James Anthony e Therese Benedek (Boston: Little Brown & Co., 1970, pp. 449-79); e S. Wasserman, "The Abused Parent of the Abused Child" (*Children*, 14:5, 1967).

4. A adoção, mesmo quando "definitiva", pode ser condicional e assim, com efeito, sujeita à contínua jurisdição dos tribunais com poder de ab-rogar. Ver, *e. g.*, *New York Domestic Relations Law*, § 118-a (1970) que dispõe em parte pertinente:

> [Qualquer criança adotada] ... ou qualquer pessoa ou agência autorizada, em nome dessa criança, pode fazer um requerimento a um juiz ou sub-rogar do tribunal em que a adoção original foi feita para a ab-rogação dessa adoção sob alegação de (*a*) crueldade, (*b*) sevícias, (*c*) incapacidade ou recusa de assistência, manutenção, ou educação dessa criança, (*d*) *a tentativa de mudar ou o próprio ato de mudar ou deixar de salvaguardar a religião dessa criança* ou (*e*) qualquer outra violação de dever da parte dos pais adotivos ou de um deles para com essa criança [o grifo é nosso].

5. O Uniform Adoption Act de 1953 dispunha em Opcional §17 que os pais adotivos podiam requerer anulação "se no prazo de dois anos, a partir da adoção, a criança contrair qualquer doença física ou mental grave e permanente ou tiver incapacidade decorrente de condições existentes antes da adoção e das quais os pais adotivos não tinham conhecimento...."

O Revised Uniform Adoption Act (1969) não tem tal dispositivo.

Mas ver Kentucky Rev. Stat. §199.540 (1) (1969) que dispõe que uma adoção pode ser rejeitada por um decreto de anulação, se no prazo de cinco anos a criança adotada "revelar nítidos traços de ascendência étnica diferente da de seus pais adotivos, e da qual não tinham os pais adotivos conhecimento nem informação, antes da adoção...."

6. Rejeitamos assim a versão dada no Revised Uniform Adoption Act (1969), que exige um período de pelo menos seis meses para que a colocação de uma entidade, antes de um decreto de adoção, possa se tornar final — um período mais longo sendo exigido para outras adoções (Seção 12) e para um processo de apelação baseado no que é usado em ações cíveis ordinárias (Seção 15 (*a*)).

NOTAS DO CAPÍTULO 3

Para as disposições da Seção 12, ver Capítulo 2, nota 7 (*supra*). A Seção 15 dispõe:

15. [Apelação e Validade de Decreto de Adoção.]

   (a) Uma apelação de qualquer mandado ou decreto final aprovados por esta Lei pode ser feita da maneira e no tempo destinado à apelação de um [julgamento em uma ação cível].

   (b) Sujeito à disposição de uma apelação, no vencimento do prazo de [um] ano depois de exarado um decreto de adoção, o decreto não pode ser questionado por nenhuma pessoa incluindo o peticionário, de maneira alguma e sob nenhum pretexto, inclusive fraude, representação errônea, sonegação de qualquer informação pedida, ou falta de jurisdição das partes ou da matéria em foco, a não ser, no caso da adoção de um menor, ou no caso da adoção de um adulto, que o adulto não tenha conhecimento do decreto dentro do período de [um] ano.

7. O §409 (a) do Uniform Marriage and Divorce Act compromete o conceito de continuidade ao tentar segui-lo estabelecendo intervalos fixos durante os quais os decretos não podem ser modificados:

   Nenhuma medida para modificar um decreto de custódia pode ser tomada antes de um ano depois da data do decreto inicial. Se uma ação para modificação foi registrada, tenha ou não sido atendida, nenhuma ação subseqüente pode ser registrada no prazo de dois anos após a disposição da ação anterior, a não ser que o tribunal decida ... que existe motivo para acreditar que o atual ambiente da criança põe em risco sua saúde física ou prejudica significativamente seu desenvolvimento emocional.

   Esse problema pode ser muito agravado por leis conflitantes entre Estados e entre países. Ver, *e. g.*, Uniform Adoption Act, §14.

8. Se as visitas que são fontes de descontinuidade não forem permitidas pelo que tem a custódia, o tribunal pode, somente por esse motivo, criar mais descontinuidade mudando o custodiante da criança. Ver, *e. g.*, *Berlin v. Berlin* 239 Md. 52, 210A. 2d 380 (1965), em que a criança é entregue ao pai pelo único motivo de que a mãe não atendia às exigências de visitas do decreto inicial que lhe concedia a custódia. Mas ver *Berlin v. Berlin* 21 N.Y. 2d 371, 235 N.E. 2d 109 (1967), em que o tribunal de Nova York se recusou a cumprir a ordem do tribunal de Maryland de mudar a custódia.

9. Assim somos contra dispositivos como o que se segue, do Uniform Marriage and Divorce Act:

   §407. [Visitas.]

   (a) O pai ou a mãe que não recebeu a custódia da criança está credenciado a razoáveis direitos de visitas, a não ser que o tribunal ache, depois de uma audiência, que as visitas poriam em risco a saúde física da criança ou prejudicariam significativamente seu desenvolvimento emocional.

(b) O tribunal pode modificar um mandado concedendo ou negando direitos de visitas sempre que a modificação venha a servir ao maior interesse da criança; mas o tribunal não deve restringir os direitos de visitas de um pai ou de uma mãe, a não ser que ponham em risco a saúde física da criança ou prejudiquem significativamente seu desenvolvimento emocional.

§408. [Supervisão Judicial.]

(a) A não ser por acordo em contrário das partes, firmado quando do mandado de custódia, o custodiante pode determinar a criação da criança, inclusive sua educação, assistência médica e instrução religiosa, a não ser que o tribunal, após audiência, ache, mediante moção do pai ou mãe sem a custódia, que na falta de uma limitação específica da autoridade do custodiante, a saúde física da criança ficaria em perigo, ou seu desenvolvimento emocional seria significativamente prejudicado.

10. É interessante que muito do que dissemos nos parágrafos anteriores também está contido no Código Civil do Japão (Supremo Tribunal do Japão, Tóquio, Official English Translation, pp. 152-3), que, *e. g.*, dispõe:

Artigo 818. Uma criança que ainda não tenha atingido maioridade está sujeita ao pátrio poder de seu pai e sua mãe. ...

Enquanto o pai e a mãe estiverem em relação matrimonial, exercem conjuntamente o pátrio poder. Mas se um dos pais for incapaz de exercer o pátrio poder, o outro pode exercê-lo.

Artigo 819. Se o pai e a mãe se divorciaram por acordo, devem destacar um deles para ter o pátrio poder por acordo.

Em caso de divórcios judiciais, o tribunal determina que o pai ou a mãe tenha o pátrio poder.

Se o pai e a mãe se divorciaram antes do nascimento da criança, o pátrio poder é exercido pela mãe. Mas o pai e a mãe, por acordo posterior ao nascimento da criança, podem determinar que o pai tenha o pátrio poder. ...

Se nenhum acordo mencionado nos parágrafos 1 e 3 e no parágrafo precedente for conseguido ou for possível, a Vara de Família pode emitir julgamento em lugar de acordo por solicitação do pai ou da mãe. ...

Seção II. Efeitos do Pátrio Poder

Artigo 820. Uma pessoa que exerce pátrio poder tem os direitos e incorre no dever de proporcionar a guarda e a educação à sua criança.

Artigo 821. O local de residência da criança deve ser estabelecido no local designado pela pessoa que exerce o pátrio poder.

11. A falta de caráter conclusivo e a "continuação" da descontinuidade resultante da apelação pendente é dramaticamente ilustrada pelo caso a seguir, relatado no *London Times* (16 de fevereiro de 1973, p. 6, col. 6):

NOVO PROCESSO DE DIVÓRCIO PROLONGA O CASO DESRAMAULT

O caso da custódia de Caroline Desramault que tinha sido o pomo de discórdia, durante três anos, entre sua mãe inglesa divorciada e seu pai francês, tomou outro rumo jurídico.

Parecia ter sido definitivamente resolvida a rejeição da Cour de Cassation, na terça-feira, da apelação de M. Desramault contra a decisão do tribunal dando a custódia de Caroline a sua mãe. Contudo, a pesada máquina jurídica tinha sido de novo posta em movimento por meio de um novo processo de divórcio, perante o tribunal de Versalhes.

O tribunal de Versalhes, em maio de 1971, havia determinado, em um mandado provisório, que Caroline devia ser confiada por períodos de três meses a seu pai e a sua mãe alternadamente. M. Desramault não aceitou esse julgamento e se recusou a ceder a posse da criança. Dois meses depois, o Tribunal de Apelação em Paris anulou o mandado provisório do tribunal de Versalhes e, pendendo uma decisão final, confiou a custódia de Caroline à sra. Desramault, sua avó paterna.

M. Desramault quis conservar a criança e escondeu-a. A avó então começou uma nova ação, e um novo julgamento confiou a custódia da criança provisoriamente ao pai.

Em julho do ano passado, o tribunal de Versalhes, que teve de julgar novamente o processo de divórcio porque o primeiro foi anulado pelo Tribunal de Apelação de Paris, ordenou uma nova investigação e temporariamente confiou a custódia da criança à mãe.

O pai, entretanto, fugiu com a criança para a Suíça, e, por uma ação interposta pela mãe, um tribunal suíço colocou a criança em um lar cujo endereço é mantido em segredo.

12. Mas ver decisão do juiz Polier em *In re Sylvia Clear* 58 Misc. 2d 699, 296 N.Y.S. 2d 184 (Fam. Ct. Juv. Term N.Y. Co. 1969) em que se descreve os perigos inerentes no N.Y. Family Ct. Act §611 que exige das instituições de assistência à criança "diligentes esforços no sentido de incentivar e fortalecer os relacionamentos com o pai e a mãe". Neste caso, o tribunal descreve a reação negativa de uma criança a ser colocada em criação às visitas de seus pais biológicos, que eram feitas de acordo com o estatuto da instituição de assistência à criança. O direito de visita pode, pelo menos com o correr do tempo, se tornar um problema no que inicialmente se percebe como colocação de criação temporária.

13. Em "Young Children in Brief Separation: A Fresh Look" (The *Psychoanalytic Study of the Child*, 26:264-315, Nova York: Quadrangle Books, 1971), James e Joyce Robertson comparam duas formas de assistência alternativa para crianças pequenas cujas mães estavam internadas no hospital. Um grupo de crianças recebia assistência de criação no lar dos Robertsons; outra criança foi colocada em uma creche residencial. Ver também os filmes feitos por James e Joyce Robertson, *Young Children in Brief Separation* (filmes n.os 1, 2 e 4; Londres; Tavistock Child Development Research Unit; Nova York: New York University Film Library, 1967-1971) e *John: 17 Months* (filme n.º 3, *ibid.*, 1969).

14. Ver, *e. g.*, a discordância do juiz Froessel em *In re Jewish Child Care Association*, 5 N.Y. 2d 222, 156 N.Y. 2d 700 (1959):

> Laura nasceu a 3 de junho de 1953. Sua mãe entregou-a ao Department of Welfare da cidade de Nova York, que, em seguida, enviou-a à Agência. Em 30 de julho de 1954, ocasião em que ela ainda não completara 14 meses de idade, a Agência deu a criança aos Sanders para assistência de internato... A mãe de Laura visitava-a apenas uma vez por ano nos primeiros dois anos. Não é de admirar que os Sanders pensassem que ela tinha pouco interesse por Laura e, assim, lhe indagaram quanto à possibilidade de adotá-la, apesar do fato de a Agência lhes ter dito que Laura não podia ser adotada. Tendo sido desobedecida sua ordem, a Agência procurou colocar a criança em outro lar. Foi dito aos Sanders que eles "estavam apegados demais à criança"; eles "amavam-na demais". Por causa dessa reação humana inteiramente normal das pessoas em geral ao amor de uma criança, Laura tem de ser transferida para estranhos no sexto ano de sua vida... Se Laura tiver que ser atirada como bola daqui para lá e de lá para cá, de família para família até ser transferida para sua mãe, cada mudança dessas será extremamente difícil para a criança, como foi testemunhado sem contradição pelo psiquiatra na audiência. Por que multiplicar os choques? E se a mãe resolver nunca levar Laura, o que não parece improvável diante do relatório que temos em mãos, a criança não poderia encontrar lar melhor do que o que ela tem agora.

15. Ver, *e. g.*, o acordo de Connecticut, que especifica claramente os termos financeiros (Capítulo 2, nota 11, *supra*).

16. Para explicação de um programa como esse estabelecido em Maryland, ver "Guidelines for Subsidized Adoption" lançado pelo State Department of Social Services:

    1. Adoção Subsidiada — Propósito geral

    Subsidiar uma adoção é um método que torna possível aos que desejam ser pais adotar uma criança para a qual eles têm tudo o que se requerer de um bom pai e de uma boa mãe, menos condições financeiras para sustentar mais um dependente. O subsídio fornece recursos adicionais a muitas crianças para as quais não existem lares de adoção em número suficiente. Um lar com pagamento de subsídio deve servir a toda criança para a qual este seja o melhor recurso de colocação.

    A família adotiva pode ser de pais de criação da criança ou estes também podem ser candidatos a adoção.

    O subsídio, que possibilita a permanência e a continuidade de assistência e afeto, oferece grandes benefícios à criança. A agência terá em geral a guarda da criança em assistência pré-adotiva, com o direito de consentir em adoção, ou em adoção e/ou assistência a longo prazo. Algumas crianças terão ficado sob regulares cuidados de criação, sem vínculos de família ou contatos com os pais por períodos de tempo prolongados, e para essas crianças a guarda será obtida de maneira que a adoção possa ser consumada pelas famílias de criação em que as crianças estão fixadas, ou que a colocação adotiva possa ser feita junto a uma nova família, dependendo

NOTAS DO CAPÍTULO 3

da situação individual. É de se esperar que muitas dessas crianças serão aquelas que foram difíceis de ser colocadas porque faziam parte de um grupo de irmãos ou por causa de idade, raça ou deficiência.

Reimpresso em Monrad G. Paulsen, Walter Wadlington, Julius Goebel, Jr., *Domestic Relations* (Mineola, N.Y.: Foundation Press, 1970, pp. 737 e seg.).

17. Ver, *e. g.*, Anna Freud e Dorothy Burlingham, *Infants Without Families: Reports on the Hampstead Nurseries* (*The Writings of Anna Freud*, vol. III, Nova York: International Universities Press, 1973, pp. 182-3) onde descrevem as violentas reações de uma criança pequena à separação de sua mãe:

> A criança se sente de súbito abandonada por todas as pessoas conhecidas de seu mundo às quais aprendeu a dar importância. Sua nova habilidade de amar se acha privada dos objetos costumeiros e sua sede de afeição permanece insatisfeita. A saudade que sente de sua mãe se torna intolerável e a lança em estados de desespero que são muito parecidos com o desespero e a angústia demonstrados por bebês que estão com fome e cujo alimento não aparece no tempo devido. Por muitas horas ou até mesmo por um dia ou dois, esta fome psicológica da criança, a "fome" por sua mãe, pode sufocar todas as sensações corporais. Algumas crianças desta idade se recusam a comer ou a dormir. Muitíssimas delas se recusam a ficar no colo de estranhos ou a ser por elas acariciadas.
>
> As crianças se apegam a algum objeto ou forma de expressão que lhes representa naquele momento a lembrança da presença material da mãe. Algumas se apegam a um brinquedo que a mãe colocou em suas mãos antes de partir; outras a alguma coisa de dormir ou à roupa que trouxeram de casa. Algumas repetirão monotonamente a palavras pela qual estão acostumadas a chamar suas mães. ...
>
> Os observadores raramente avaliam a profundidade e seriedade da dor de uma criancinha. Seu julgamento falha por uma única razão. Essa dor de criança dura pouco. Um sofrimento desses em uma pessoa adulta duraria um ano inteiro; o mesmo processo na criança entre um e dois anos de idade dura de 36 a 48 horas. É um erro psicológico concluir daí, dessa curta duração, que a reação é apenas superficial e pode ser menosprezada.

Ver também Anna Freud, "The Concept of the Rejecting Mother" (*The Writings of Anna Freud*, vol. IV, Nova York: International Universities Press, 1968, pp. 596-7):

> A primeira experiência com o objeto de amor foi um fracasso; a próxima não será propriamente da mesma qualidade, será mais exigente, mais interessada na satisfação imediata do desejo, ou seja, mais afastada das formas mais amadurecidas de "amor".

18. Ver, *e. g., In re Lem* 164 A. 2d 345 (D.C. Mun. Ct. App. 1960):

> [Rover, C. J.] A mãe de Cecília Lem, ... apela de um mandado que entrega sua filha à custódia e guarda legais do Department of Public Welfare até seu 21.° aniversário, o que a priva permanente-

mente de custódia a fim de que o Welfare Department possa consentir na adoção da criança. ...

A criança nasceu a 11 de janeiro de 1956. A paternidade não foi definida. ... Durante cerca de quatro meses após o nascimento da criança, uma entidade privada de assistência social procurou orientar a mãe quanto à melhor medida a ser tomada, mas ela resistiu a qualquer planejamento definitivo que não fosse o de criação para a criança. Passados os quatro meses, e tomando conhecimento de que seria exigido um planejamento a longo prazo, a entidade informou o caso ao Department of Public Welfare. Em 4 de maio de 1956, a criança chegou à "unidade de emergência" da Child Welfare Division do Welfare Department e foi colocada em um lar para bebês.

Durante os 14 meses que se seguiram, a Divisão procurou elaborar um plano pelo qual a mãe pudesse assumir ativamente a custódia e a responsabilidade pela sua criança ou pelo qual pudesse persuadi-la a se conformar com a adoção. Ela cooperou com a Divisão enquanto não foi obrigada a tomar uma decisão definitiva. Quando pressionada a uma ação definitiva, entretanto, ela afirmaria que seu psiquiatra a tinha aconselhado a não se "apressar" a tomar uma decisão, e tornar-se-ia taciturna, ausente e inútil.

A 3 de julho de 1957, a Child Welfare Division, seguindo os dispositivos do Código 1951, §11-908, apresentou uma petição ao Juvenile Court sob a acusação de que a criança estava sem assistência adequada de pai e mãe. Código 1951 §11-906 (*a*) (6). Em relatório anexo, contava a história da vacilação e da indecisão da mãe em criar a criança e recomendava que esta fosse confiada ao Department of Public Welfare por três meses, "a fim de dar à mãe mais tempo para tomar sua decisão de deixar Cecília para uma situação permanente ou oferecer um plano satisfatório de assistência para ela, independentemente da Child Welfare Division". Em 10 de julho de 1957, uma audiência foi levada a efeito com a presença do advogado da mãe designado pelo tribunal; o tribunal achou que a criança estava sem assistência adequada de pai e mãe e confiou-a ao Department of Public Welfare até 9 de outubro de 1957. Esse período parece ter sido inadequado para atender à sua finalidade, e o tribunal, em 11 de novembro de 1957, após uma audiência com a mãe, presente seu advogado, confiou a criança ao Welfare Department pelo prazo de dois anos até 4 de novembro de 1959. A mãe deu seu consentimento.

Ao final deste último período de compromisso, uma nova audiência foi realizada, em 25 de novembro de 1959. Nessa época, o advogado da mãe revelou que era sua intenção pedir mais tempo para que sua cliente formulasse seus planos. O tribunal replicou que não ouviria nenhum argumento para mais uma responsabilidade temporária, mas a audiência limitar-se-ia a resolver a questão de custódia permanente com a mãe ou o Welfare Department. O advogado da mãe aquiesceu a essa determinação, e a audiência prosseguiu nessa base.

... A mãe visitava-a aproximadamente de dois em dois meses, nesse período ...

A própria mãe provou que amava muitíssimo sua filha e que alimentara uma íntima união com ela durante suas visitas; manifestou também sua preocupação com o bem-estar da criança. Disse que nunca pensou na possibilidade de que a criança pudesse vir a lhe ser tirada, mas já que essa era a medida que a audiência estava querendo adotar, ela agora desejava assumir a custódia e responsabilidade pela criança, ao invés de perdê-la para sempre.

Foi essa a primeira vez que ela manifestou qualquer firmeza de decisão no assunto, e assim destacamos a questão fundamental neste caso: se sua decisão chegou tarde demais. A criança tinha a essa altura quatro anos de idade e pelo que indicam os registros, nunca esteve sob os cuidados da mãe por qualquer período de tempo. ...

... Concluindo a audiência, o tribunal decidiu contra a mãe. ...

Ninguém em sã consciência poderia pôr em dúvida a proposição de que uma criança privada da assistência e atenção de sua mãe natural e entregue aos cuidados de entidade de assistência nos primeiros quatro anos de sua vida é uma criança negligenciada no sentido do estatuto legal. Achamos que a evidência foi completamente adequada para amparar o veredicto do tribunal.

19. Ver, *e. g.*, *O'Brien v. Brown*, 409 U.S. 1 (1972) (processo presidencial político-primário); *New York Times v. United States*, 403 U.S. 713 (1971) (segurança nacional e liberdade de expressão); *Freedman v. Maryland*, 380 U.S. 51 (1964) (liberdade de expressão); *Cooper v. Aaron*, 358 U.S. 1 (1958) (direito de educação); *Youngstown Co. v. Sawyer*, 343 U.S. 579 (1951) (segurança nacional); *United States v. United Mine Workers*, 330 U.S. 258 (1947) (segurança nacional).

20. Ver, *e. g.*, *In re Clark* 210.0.2d 86, 90 O.L.A. 21 (1962):

[Kenneth Clark, de três anos de idade, tinha sofrido queimaduras de segundo e terceiro graus em mais de 40% do seu corpo.] Os pais da criança se recusaram a autorizar [transfusões de sangue] por que a seita religiosa a que pertencem (Testemunhas de Jeová) proíbe... O Juvenile Code de Ohio dá poderes à Juvenile Court para proteger os direitos de uma criança nesta condição:

§2152.33, Revised Code. * * * Com atestado de um ou mais médicos especialistas de renome, o tribunal pode sumariamente providenciar o tratamento médico e cirúrgico de emergência que se revele imediatamente necessário para qualquer criança em relação à qual foi feita uma queixa ou um pedido de assistência, pendente o serviço de uma intimação para os pais e os que têm a guarda ou a custódia da criança. * * *

Mesmo sem esta autorização específica, acreditamos que o tribunal teria pleno poder para agir sumariamente sob sua ampla jurisdição imparcial.

E ver *Georgetown College Inc.* 221 F. 2d 1000, n. 15, p. 1007 (D.C. Cir. 1964) Cert. den. 377 U.S. 978 (1964).

21. *Freedman v. Maryland* 380 U.S. 51, 58-59 (1964). O tribunal se reporta a um processo em Nova York que, se aplicado à colocação de uma criança, e não à

censura de filme, evitaria a interrupção de um relacionamento existente até a audiência em tribunal, que deve ser providenciada um dia depois que é dada a notificação da questão sobre a colocação; o juiz deve emitir sua decisão dois dias após o término da audiência. *Id.* em 60. Nenhuma menção é feita de decisões tão rápidas em matéria de apelação. Tais providências teriam, naturalmente, de ser tomadas no caso de colocação de crianças.

22. Ver Littner, "Discussion of a Program of Adoptive Placement for Infants under Three Months" (*American Journal of Orthopsychiatry*, 26:577, 1956).

23. Tal proposição é compatível com o conceito de divórcio divisível, que reconhece a ruptura oficial de relações pessoais ser divisível de (e não precisa ser condicionada a ou esperar por uma decisão final de) propriedade e direitos de pensão-alimento. *Estin v. Estin*, 334 U.S. 541 (1948). Quando, num divórcio, uma parte adulta procurou evitar um decreto de divórcio até ser conseguida uma solução final quanto à propriedade, os tribunais observaram, *e. g.*, que "a sociedade pouco se importa se as duas partes entram em litígio de qualquer duração por causa de propriedade; importa-se muito mais se duas pessoas forem forçadas a ficar legalmente ligadas uma à outra quando este estatuto legal só pode criar mais amargura e infelicidade". *Hall v. Superior Court of Los Angeles Country*, 54 Cal. 2d 139 352 P2d 161 (1960). Resolver as questões envolvendo as relações criança-adulto parece igualmente um motivo mais do que imperioso para invocar o conceito de divórcio divisível. *May v. Anderson*, 345 U. S. 528 (1953). Esse conceito está implícito na jurisdição contínua que os tribunais conservam sobre decisões de custódia, a que, naturalmente, nos opomos.

24. As disposições estatutárias modelos que propomos no Capítulo 7 são mais específicas.

25. Ver 35 ALR 2d 662, 668 (1954) e *Winans v. Luppie* 47 N.J. Eq. 302, 305 (1890); Hazuke's Case 345 Pa. 432 (1942); e *Lott v. Family and Children's Society*, Sup. Ct. de N.J. (1953) reimpresso em J. Goldstein e J. Katz, *The Family and the Law* (*supra*, p. 1115).

26. Ver, *e. g.*, o N. Y. Family Act. Art. VI, §611 que dispõe em parte pertinente: "a negligência permanente [é definida quando] os pais ... deixaram por um período de mais de um ano depois da colocação ... substancial e continuamente, ou repetidamente, de manter contato com a criança e de planejar o seu futuro, embora física e financeiramente capazes de assim agirem, não obstante os diligentes esforços do órgão [de assistência à criança] no sentido de incentivar e fortalecer o relacionamento com os pais".

27. Ao elaborar o dispositivo em *In re Sylvia Clear*, 58 Misc. 2d 699, 296 N.Y.S. 2d 184 (Fam. Ct. Juv. Term N.Y. Co. 1969), com referência a uma decisão de não incentivar as visitas de uma mãe biológica (ver nota 12 *supra*), o juiz Polier disse:

> Logo verificou-se que as visitas com a mãe eram perturbadoras para a criança.... Não existe base para criticar a ação da entidade cuja responsabilidade primeira era o bem-estar da criança. A entidade não podia ter procurado fortalecer o relacionamento de pai e mãe sem violar sua responsabilidade pelo bem-estar da criança sob sua custódia. No entanto, é isto o que o presente estatuto exige como condição para pôr fim aos direitos de pai e mãe.

> Conquanto este tribunal considere que seria mais de acordo com o maior interesse da criança pôr um fim aos direitos de pai e mãe, não pode achar que o estatuto lhe dê poderes para assim agir. A mãe continuou a visitar esta criança, rejeitou insistentemente a idéia de renunciar a ela, e a mãe continua a falar em construir um lar para ambos os seus filhos no futuro, quando se sentir mais forte. Embora este tribunal não encontre provas que sustentem essa expressa esperança e esteja convencido de que a mãe não tem competência para cuidar da criança, a evidência não mostra que a presente exigência estatutária tenha sido cumprida.

28. Ver, *e. g.*, California Civil Code §232a (1961) que dispõe na parte pertinente:

> Seç. 232. Pessoas que têm o direito de ser declaradas livres de custódia e controle de pai e mãe. Uma ação pode ser instaurada para fins de ser qualquer pessoa de menos de 21 anos de idade declarada livre da custódia e controle de ambos ou de um dos pais quando essa pessoa ... foi deixada por ambos ou um dos pais aos cuidados e sob a custódia de outrem, sem qualquer providência para seu sustento, ou sem comunicação de um dos pais ou de ambos, pelo período de um ano com a intenção de um dos pais ou de ambos de abandonar essa pessoa. Essa falta de sustento, ou essa falta de comunicação pelo período de um ano, deve ser sinal evidente da intenção de abandonar.

29. Ver, *e. g.*, *Davies Adoption Case* 353 Pa. 579 (1946). *In re Graham* 239 Mo. App. 1036 (1947).

30. Enquanto o processo pelo qual uma nova situação criança-pais surge é complexo demais e sujeito a demasiadas variações individuais para a lei saber exatamente quando o "abandono" pode ter ocorrido, a lei pode em geral verificar que o vínculo biológico nunca amadureceu para se tornar um vínculo psicológico positivo para a criança ou que um vínculo psicológico em desenvolvimento foi quebrado ou prejudicado e se um novo relacionamento promissor surgiu e está se formando.

31. Ver Jeremy Bentham, *Theory of Legislation* (*supra*, 1840, vol. 1, p. 254).

> A combinação natural, que deixa a escolha, a maneira e o ônus da educação aos pais, pode ser comparada a uma série de experiências para aperfeiçoar o sistema geral. Todas as coisas são levadas para a frente e desenvolvidas pelo incentivo dos indivíduos, e por diferenças de idéias e de gênio; em suma, pela variedade de impulsos particulares. Mas deixem que o todo seja lançado em um único canteiro; deixem que a instrução por toda a parte tome a forma de autoridade legal; os erros serão perpetuados, e não haverá mais progresso...

32. Foi preciso a lei levar muito tempo, por exemplo, para entender que seu poder de negar divórcio não pode instituir um casamento salutar, ou impedir as partes de se separarem, ou até mesmo evitar que novos "relacionamentos" se completem. Ver J. Goldstein e M. Gitter, "On the Abolition of Grounds for Divorce: A Model Statute and Commentary" (*Family Law Quart.*, 3:75-99, 1969).

33. Ver *Lott v. Family and Children's Society* (citado na nota 25, *supra*).

34. Ao procurar salvaguardar a privacidade dos relacionamentos de família e a organização privada da vida de cada um, a lei adotou uma política de mínima intervenção estatal de acordo, naturalmente, com o objetivo do Estado de salvaguardar o bem-estar das crianças, protegendo-as da exploração dos adultos. Ver J. Goldstein e M. Gitter (*supra*, nota 32). Ver também a discordância do juiz Douglas em *Wisconsin v. Yoder* (citado no Capítulo 5, nota 3, *infra*).

35. Ver, *e. g.*, J. D. Watson, professor de biologia molecular em Harvard (*New York Times*, 22 de março de 1973, p. 43, col. 3):

> Não devemos esquecer jamais que na maioria das vezes temos pouca compreensão do verdadeiramente desconhecido — o mundo em que vivemos é imensamente complicado e, no cômputo geral, seus fenômenos naturais são notadamente imprevisíveis. Somente depois de observada uma reação química dentro de uma célula, descobrimos geralmente uma razão para sua existência. Assim, é quase impossível prever a longo prazo o que o futuro vai trazer.

36. Ver Anna Freud, "Child Observation and Prediction of Development: A Memorial Lecture in Honor of Ernst Kris" (*The Psychoanalytic Study of the Child*, vol. 13, pp. 97-8, Nova York: International Universities Press, 1958):

> Designo três [fatores que] tornam difícil e aleatória a predição. (1) Não há garantia de que o coeficiente de progresso do amadurecimento do ego e do desenvolvimento motor será equilibrado; e sempre que uma parte da estrutura se distancia da outra em crescimento, segue-se uma variedade de inesperados e imprevisíveis desvios da norma. (2) Não existe ainda um modo de se abordar o fator quantitativo do desenvolvimento motor, nem de prevê-lo; mas a maioria das soluções de conflito dentro da personalidade será, em última instância, determinada por fatores quantitativos e não qualitativos. (3) Os acontecimentos ambientais na vida de uma criança permanecerão sempre impredizíveis já que não são governados por nenhuma das leis conhecidas.

Capítulo 4: A Propósito da Alternativa Menos Prejudicial

1. Para uma codificação da ambigüidade e da ambivalência que vieram a assediar este padrão, ver §402 do Uniform Marriage and Divorce Act:

> O tribunal determinará custódia de acordo com o maior interesse da criança. O tribunal considerará todos os fatores relevantes, inclusive:
>
> (1) os desejos de ambos os pais ou de um deles quanto à custódia;
>
> (2) os desejos da criança quanto aos que poderão ter sua custódia;
>
> (3) a interação e inter-relação da criança com ambos os pais ou com um deles, seus irmãos e qualquer outra pessoa que possa afetar significativamente o maior interesse da criança;

(4) o ajustamento da criança ao seu lar, escola e comunidade; e

(5) a saúde mental e física de todos os indivíduos envolvidos.

A essa codificação geral da lei existente, os autores do Uniform Act acrescentaram:

> O tribunal não deve considerar a conduta de um candidato a exercer custódia que não afete seu relacionamento com a criança.

E ver, *e. g.*, a discordância do juiz Dye em *In re Jewish Child Care Association*, 5 N.Y. 2d 222, 156 N.E. 2d 700 (1957):

> Apoiando a solicitação da peticionária de um mandado de *habeas-corpus*, a maioria deste tribunal está para dizer que o maior interesse do menor será atendido, obrigando-se os pais de criação aprovados, com quem a peticionária havia anteriormente colocado a criança para assistência de custódia, a submeter-se à Agência, com quem devem tratar como acharem melhor. Este trágico resultado sobrevém de uma noção errada de que os tribunais se inclinam a aceitar a política administrativa de uma Agência no que tange à condução da decisão deles, ao invés de eles próprios exercerem seus poderes e autoridade tradicionais de acordo com a evidência. As práticas administrativas têm sua utilidade na condução de assuntos comuns de administração, mas aqui são totalmente inadequadas. Aqui não estamos a braços com um problema de rotina de administração, mas sim com conceito fundamental que preside o vasto e brilhante programa de bem-estar social do Estado no que diz respeito à assistência e custódia de crianças necessitadas e negligenciadas, todos os aspectos do qual devem ser examinados à luz do que melhor promoverá o bem-estar individual delas.... Tempo houve em que os pais de criação propuseram adoção, primeiro ao assistente social, que desaprovou, depois à avó, e finalmente à própria mãe, que vacilou e declinou de dar uma resposta definitiva, o que é considerado como uma recusa. A Agência não gostou do rumo emocional das coisas, já que sua política era conservar as crianças em ambiente neutro — onde não pudesse haver nenhuma "influência na criança quanto à sua lealdade aos seus pais de criação ou à sua mãe". Para essa política, a Agência exigia dos pais de criação, como condição para continuar a custódia, que assinassem um documento declarando que compreendiam que Laura "só podia ficar na condição de filha de criação". Entretanto isso deixou de atender à sua finalidade.

E ver a discordância do juiz Froessel:

> A Agência manteve o ponto de vista, durante a audiência, de que não podia operar convenientemente se uma "família de criação estiver em condições de questionar nosso julgamento, mesmo que o nosso julgamento, se assim o acharem, possa vir a ser errado". Talvez eles estejam certos (Social Welfare Law, §383). ... Sou de opinião que a Agência, por melhor motivação que tenha, cometeu grave erro aqui, contrariando o maior interesse da criança; de que os tribunais referidos foram, em não menor escala, erronea-

mente influenciados pelos assim chamados direitos da Agência, e não pelo bem-estar da criança.

2. No Capítulo 1, afirmamos nossa preferência por uma política estatal que coloque o interesse da criança acima do interesse de qualquer adulto, sempre que a colocação da criança se tornar objeto de controvérsia. Desenvolvemos esse ponto de vista de modo mais completo no Capítulo 8.
3. *Re W* (um menor) [1970] *3All E.R.* 990 e [1971] *2All E.R.* 49.
4. [1970] *3All E.R.*, p. 996.
5. *Ibid.*
6. *Ibid.*, p. 1006.
7. *Ibid.*, p. 1002.
8. [1971] *2All E.R.*, pp. 55, 56 e 59.
9. Com a substituição do último modelo de alternativa prejudicial, tal Lei pode também fazê-lo, como o faz o Virginia Code §63.1 225 após declarar quais as partes que normalmente consentem na adoção:

   (4) Se após as provas, o tribunal achar que o consentimento de qualquer pessoa ou agência cujo consentimento é acima requerido é negado contrariamente ao maior interesse da criança, ou se um consentimento válido não pode ser obtido, o tribunal pode deferir o requerimento sem esse consentimento.

   Nossa preferência pela mínima intervenção estatal seria contrária a uma exceção dessas ao consentimento inicial admitindo que negligência, abandono e outros dispositivos dessa ordem seriam suficientes para remover crianças de seus custodiantes adultos e colocá-las para adoção sem o consentimento desses adultos em tais casos extremos.

   Ver também *In re Lem*, citado no Capítulo 3, nota 18 (*supra*).
10. Tivesse a Câmara dos Pares confirmado o parecer do Tribunal de Recursos, como bem poderia ter feito, teria destruído o relacionamento que se desenvolvia entre *W* e seus pais adotivos. Com a alternativa menos prejudicial como diretriz sob a nova Lei, aos tribunais de recursos seria negado tal poder. No máximo, se o longo processo de revisão continuasse a ser autorizado, a autoridade de apelação deveria ser somente para tomar decisões *previdentes* em tais casos. Se os tribunais de recursos, depois de tais espaços de tempo, não se limitarem a aplicar suas decisões a casos futuros, o interesse particular da criança fica subordinado a uma política judiciária que, em geral, mas não neste caso específico, pode ser do maior interesse da criança.
11. Nos processos de delinqüência juvenil que envolvem conduta violenta, mesmo que a lei fizesse da segurança imediata da sociedade o objetivo primordial, afirmaríamos que nesse contexto a alternativa de colocação menos prejudicial deveria ser escolhida para a criança.
12. Um sorteio judicialmente supervisionado entre dois pais psicológicos igualmente aceitáveis pode ser o processo mais racional e menos ofensivo para resolver a difícil escolha.

    Tratando de outro assunto, B. Currie, em *Selected Essays on the Conflicts of Laws* (Durham, N.C.: Duke University Press, 1963, pp. 120-1), escreveu:

A aplicação da lei do lugar de fazer [do contrato: a "tradicional abordagem"] significa que o desinteressado terceiro estado anularia casualmente ora uma ora outra política, dependendo de uma circunstância puramente fortuita. Fica-se quase tentado a sugerir que seria melhor jogar cara ou coroa, já que esse processo produziria o mesmo resultado, sendo mais econômico.

Dir-se-á que se trata de uma filosofia do "deixa-pra-lá". Claro que é. Uma atitude resignada é construtiva quando se percebe que a tarefa é impossível de ser executada com os recursos que se tem à mão. Teria sido construtiva se os geômetras tivessem desistido bem antes do esforço de quadratura do círculo por meio de régua e compasso.

Assim também, tratando de outro assunto relativo a motivação legislativa, J. H. Ely, em "Motivation in Constitutional Law", 79 *Yale Law J.*, 1234 n. 97 (1970), cita a seguinte passagem da autoria de John Barth que contraria o problema que colocamos:

Se as alternativas estiverem lado a lado, escolha a da esquerda; se forem consecutivas no tempo, escolha a mais nova. Se não for nenhuma dessas, escolha a alternativa cujo nome comece com a letra mais do começo do alfabeto. Tais são os princípios de Sinistralidade, Antecedência e Prioridade Alfabética — outras há, e são arbitrárias, mas úteis (J. Barth, *The End of the Road*, Nova York: Bantam Books, 1969, p. 85).

Capítulo 5: Sobre a Condição de Parte e o Direito de Representação

1. Ver *Shields v. Barrow* 58 U.S. 130, 139 (1854) para a agora clássica declaração do ministro Curtis sobre condição de parte:

O tribunal aqui assinala três classes de partes para uma carta de direitos. São: (1) Partes formais. (2) Pessoas que têm interesse na controvérsia e que devem ser constituídas como partes para que o tribunal possa agir com base naquela norma que o exige para decidir e finalmente resolver toda a controvérsia e fazer completa justiça, acertando todos os direitos nela envolvidos. Estas pessoas são comumente denominadas partes necessárias; mas, se seus interesses são separáveis dos interesses das partes que estão perante o tribunal, para que o tribunal possa proceder a um mandado e fazer justiça completa e final, sem afetar outras pessoas que não estão perante o tribunal, estas não são partes indispensáveis. (3) Pessoas que não somente têm um interesse na controvérsia, mas um interesse de tal natureza que um mandado final não pode ser dado sem afetar esse interesse, ou sem deixar a controvérsia em situação tal que seu encerramento pode ser totalmente inconsistente com relação aos princípios de eqüidade e de consciência.

2. Ver *In re Gault* 387 U.S. 1 (1967) que afirma que uma criança com processo de delinqüência (que é um processo de colocação) tem direito a advogado.

O jovem precisa da assistência de advogado para arcar com problemas de lei, para fazer um hábil exame dos fatos, insistir na regularidade dos processos e se assegurar se tem uma defesa e prepará-la e apresentá-la [*id.* em 36].

3. E ver *Wisconsin v. Yoder*, 406 U.S. 205 (1972) afirmando que a pretensão do Estado de ser credenciado como *parens patriae* para obrigar a freqüência de crianças a escolas secundárias com a vontade de seus pais não podia ser sustentada contra a pretensão destes como Amish ao livre exercício de sua religião.

   O ministro Douglas, discordando, em parte, porque as crianças não eram consultadas, observou:

   > Concordo com o tribunal em que os escrúpulos religiosos dos Amish se opõem à educação de seus filhos além da escola primária, mas discordo da conclusão do tribunal de que a matéria esteja compreendida no que tange somente aos pais. ...
   >
   > Essas crianças são "pessoas" no sentido da Carta de Direitos. Assim vimos sustentando sem cessar. ...
   >
   > Enquanto os pais, inexistindo desacordo, podem falar por toda a família, a educação da criança é um assunto em que a criança às vezes tem opiniões definidas. ...

4. Ver Jeremy Bentham, *Theory of Legislation* (volume I, 1840, *supra*, pp. 252-3):

   > [Um] pai é, em alguns aspectos, o senhor, em outros, o guarda da criança....
   >
   > No primeiro caso, a vantagem do pai é considerada; no segundo, e a da criança. São duas relações facilmente conciliadas na pessoa do pai por causa de sua natural afeição, que o leva a fazer sacrifícios por seus filhos, mais do que se prevalecer de seus direitos para sua própria vantagem.
   >
   > Pareceria, à primeira vista, que o legislador não precisa interferir entre pais e filhos; que ele pode confiar na ternura do pai e da mãe e na gratidão da criança. Mas esta apreciação superficial seria decepcionante. É absolutamente necessário, por um lado, limitar o poder paterno, e, por outro, manter o respeito filial por dispositivos legais.

5. O Uniform Marriage and Divorce Act dispõe:

   > O tribunal pode designar um advogado para representar os interesses de um menor ou criança dependente em relação à sua custódia, manutenção e visitas. O tribunal lançará uma ordem para o pagamento de honorários, taxas e desembolsos em favor do advogado da criança. A ordem será para qualquer um dos pais ou ambos, exceto no caso de ser a parte responsável indigente; nessas circunstâncias, os honorários, taxas e desembolsos ficarão a cargo da [agência adequada].

Capítulo 6: As Decisões Rothman

1. Art Buchwald, o emérito humorista, que 50 anos atrás foi um filho de criação, relembrou em um discurso comemorativo do 150.º aniversário da Jewish Child Care Association em abril de 1972 (não publicado):

A situação de um filho de criação, particularmente para a criança, é muito estranha. Ela é parte de uma terra-de-ninguém.

... A criança sabe instintivamente que não existe nada de permanente quanto à estrutura, e ela está, por assim dizer, emprestada à família onde está residindo. Se não der certo, ela pode ser agarrada e colocada em outro lar.

Penso que é bem difícil pedir a um filho de criação ou a pais de criação que tenham um grande envolvimento emocional sob tais condições. Eu tinha apenas cerca de sete anos quando confuso, solitário e terrivelmente inseguro, disse a mim mesmo, "para o inferno com tudo isso. Acho que vou ser humorista".

Daí em diante, levei tudo na troça. Começando como palhaço da classe, eu me formei fazendo graça com todas as autoridades, desde o diretor da escola até o funcionário do Serviço de Assistência Social que vinha todo mês. Quando uma pessoa é adulta e ataca as autoridades, a sociedade lhe paga grandes somas em dinheiro. Mas quando é uma criança e faz uma brincadeira com as autoridades, quebram a cabeça dela.

Tendo escolhido esse perigoso passatempo de atrair atenção achando graça em tudo, descobri que podia sobreviver. Tinha meu saco de risos e tinha minhas fantasias que, devo dizer, eram realmente grandes. Acreditariam vocês que eu sonhava que era o filho de um Rothschild que foi raptado por ciganos com seis meses de idade e vendido a um casal que estava indo para os Estados Unidos?

Se vocês acreditam nisso, acreditariam que os Rothschilds tinham contratado o mais famoso detetive da França para me achar, e que foi apenas uma questão de tempo ele descobrir a minha pista e me encontrar no lar de criação em Hollis, Long Island; e acreditariam vocês que, definida minha verdadeira identidade, eu me valeria de meu pai Rothschild para desistir de todas as minhas charges contra as pessoas que me haviam raptado, e lhes tenha dado uma pensão polpuda?

Esse era o tipo de garoto com quem o meu visitador social tinha que tratar.

2. Leia-se: Council of Child Psychiatry.

Capítulo 7: Providências para um Estatuto de Colocação da Criança

1. Os redatores de códigos podem facilmente identificar que partes do texto se relacionam mais diretamente com cada seção.

Capítulo 8: Por que os Interesses da Criança Devem Ter Primazia?

1. No que diz respeito à delinquência, ver, *e. g.*, N. Morris e G. Hawkins, *The Honest Politician's Guide to Crime Control* (Chicago: University of Chicago Press, 1970, pp. 146-7):

As condições incluídas nas várias descrições estatutárias de comportamento delinqüente compreendem uma miscelânea que vai desde fumar cigarros, vadiagem, dormir em praça pública e usar palavreado obsceno até aos maiores crimes, como estupro e homicídio. Além disso, termos vagos, imprecisos e subjetivos tais como preguiça, malandragem, vagabundagem, teimosia, incorrigibilidade e conduta imoral são comumente empregados: conceitos tão fluidos que, como observou Paul Tappan, "muitos deles parecem descrever o comportamento normal da criança pouco inibida e não neurótica". Na verdade, deve haver poucas crianças que não adotam, vez por outra, um comportamento que é, de certa forma, definido como delinqüente.

Ver também Nota, "Parens Patriae and Statutory Vagueness in the Juvenile Court", 82 *Yale Law J.* 745 (1973).

O mesmo pode ser dito da recusa de alimentos.

2. Um caso recente de identificação errada no berçário de recém-nascidos comprova quão pouca atenção é dada aos direitos da criança quando os adultos colocam a realidade e a continuidade biológicas acima da realidade e da continuidade psicológicas.

Como foi publicado no *Japan Times* (sábado, 26 de maio de 1973), uma pesquisa de tipo sangüíneo para matrícula de um aluno de 11 anos na escola primária revelou que ele não era o filho biológico de seus pais. Isso levou à descoberta de uma confusão no berçário onde houvera uma troca involuntária de dois bebês do sexo masculino, fato revelado dessa maneira acidental 11 anos depois.

Segundo o *Japan Times*, "as partes interessadas concordaram em que os meninos fossem devolvidos aos seus verdadeiros pais após um certo período de familiarização durante o qual as duas famílias ficariam juntas".

Isso indica que, em comparação com os adultos, os dois garotos não são partes interessadas. Também indica que a convicção dos pais acerca da importância da linha de sangue, ou seja, do relacionamento biológico (como foi revelado pela pesquisa de rotina em laboratório), sobrepuja os laços psicológicos mútuos que tanto eles como as crianças devem ter construído no curso de 11 anos.

Inicialmente podemos inclinar-nos a concluir que o Estado deve salvaguardar o existente, em andamento, relacionamento psicológico entre pais e filhos com a prova de que uma adoção por lei comum teve lugar.

Mas estes não são casos de colocação contestada. Ambas as famílias desejam fazer a troca. Assim, para estar de acordo com nossa preferência pela mínima intervenção estatal e com nossa diretriz que reconhece as limitações da lei — i.e., que o Estado não pode forçar a continuação de relacionamentos pessoais se qualquer uma das partes quiser alterá-lo ou rompê-lo — o Estado não deve se intrometer no recondicionamento particular dessas relações. Deve reconhecer que a criança não é mais "desejada" pela família onde se encontra, mas sim pela família à qual "pertence" por laços de sangue. Se as famílias procurarem orientação para a transferência, devem ser incentivadas — como aparentemente planejam fazer — a realizarem a transição gradativamente e compreendendo as dificuldades causadas às crianças.

Entretanto, se uma das famílias fosse contra a troca, aí então teríamos uma colocação contestada e o relacionamento pais-criança deveria ser protegido na família que fizesse objeção à mudança. Se a outra criança continuasse a não ser desejada em sua família atual, ou se a família por laço sangüíneo quisesse adotá-la, isso apresentaria outra situação, em que deveria ser encontrada a alternativa menos prejudicial.

3. Carta de 27 de novembro de 1972, do professor L. de Jong, diretor do Netherlands State Institute for War Documentation. Os autores agradecem ao dr. L. de Jong por resumir esses dados e por tornar a informação disponível.

Epílogo: Mais Algumas Observações Sobre a Aplicação do Modelo da Alternativa Menos Prejudicial

1. Sobre as funções do estágio do dispositivo de decisão, bem como sobre os estágios de invocação e adjudicação no processo de colocação da criança, ver Joseph Goldstein, Anna Freud e Albert J. Solnit, *Before the Best Interests of the Child* (Nova York: Free Press, Capítulo 2, 1979) (adiante citado como *Before the Best Interests of the Child*).

2. 83 *Yale Law J.* 1304 (1974).

3. Sobre assistência temporária de criação a curto prazo ver *Before the Best Interests of the Child* (Capítulo 4, nota 15, e texto anexo).

4. Ver, *e.g.*, N. Dembitz, "Beyond Any Discipline's Competence", 83 *Yale Law J.* 1304, 1310 (1974); Richard S. Benedek, "Postdivorce Visitation: A Child's Right" (*Journal of the American Academy of Child Psychiatry*, 16:256-71, 1977); e Strauss e Strauss, "Book Review", 74 *Columbia Law Rev.* 996, 1004 (1974). Sobre visitas ou acesso como "um direito básico da criança e não um direito básico do pai e da mãe (sem a custódia) ver *M v M* [1973] 2*All E. R.* 81 (Family Div.).

5. Ver pp. 37-8, 49-50 e 101.

6. Ver *Before the Best Interests of the Child* (Capítulo 4).

7. Ver, *e. g.*, *Grado v. Grado*, 44 A.D. 2d 854, 356 N.Y.S. 2d 85 (1974) onde o mandado de visitas dispõe o seguinte:

> Cada segundo e quarto fim de semana;
> Cada primeiro e terceiro sábado das 10 h às 19 h 30 min.;
> Cada primeiro e terceiro domingo das 10 h às 11 h;
> Cada segunda-feira das 6 h às 20 h 30 min.;
> Cada quarta-feira das 6 h às 21 h 30 min.;
> Cada feriado;
> Duas semanas durante o verão.

(Reimpresso da opinião do juiz Cooper no mesmo caso, Docket N.º R 13390/73 Family Court of the State of New York, City of New York: County of Kings, p. 4.)

8. Somos a favor do contato entre uma criança e o seu pai e a sua mãe sem a custódia enquanto nem ele nem ela puderem usar os tribunais para forçar o outro a combinar visitas. Mesmo a pedido de ambos os pais, seríamos contra os tribunais fazerem do acordo de visitas uma parte de seu mandado. Se um mero

papel tivesse que dar a ambos os pais maior senso de responsabilidade para fazerem a visita dar certo, poderia ser-lhes fornecido um atestado de visita de força apenas simbólica. Como alternativa, seria talvez desejável que os tribunais acrescentassem às suas concessões incondicionais de custódia um adendo parecido com a ADVERTÊNCIA do Estado aos fumantes:

> A RECUSA DE VISITA PODE
> PREJUDICAR SEUS FILHOS

Sem se preocupar em equilibrar o poder de negociação dos pais separados, Mnookin e Kornhauser argumentam que os acordos de visitas e de custódia conjunta devem ser especificamente baseados na lei. Sua crença na capacidade da lei de adimplir esses contratos em situações onde a lei já se revelou impotente para fazer respeitar contratos de casamento é ridícula. O contrato de casamento é agora elaborado em geral de maneira a significar "até que o divórcio nos separe". É um contrato "de união" até um dos cônjuges sumir. Mesmo que a visita seja mantida como "cavaco de barganha", os acordos de custódia conjunta e de visita, em última análise, vêm a significar — a um enorme preço para as crianças envolvidas — válido até que um dos pais com ou sem custódia vá embora. Em qualquer circunstância, Mnookin e Kornhauser deixam de dar importância primordial aos interesses da criança em seu arrazoado. R. H. Mnookin e L. Kornhauser, "Bargaining in the Shadow of the Law: The Case of Divorce", 88 *Yale Law J.* 950, 980-984 (1979).

9. Quanto a opinião conflitante, ver J. B. Kelly e J. S. Wallerstein, "The Effects of Parental Divorce: Experiences of the Child in Early Latency" (*American Journal of Orthopsychiatry*, 46:20-32, 1976); J. S. Wallerstein e J. B. Kelly, "Divorce Counselling: A Community Service for Families in the Midst of Divorce" (*ibid.*, 47:4-22, 1977); e J. S. Wallerstein e J. B. Kelly, "The Effects of Parental Divorce: Experiences of the Preschool Child" (*Journal of the American Academy of Child Psychiatry*, 14:600-616, 1975).

10. *Braiman v. Braiman*, 378 N.E. 2d 1019, 1020 (1978).

11. *Id.* em 1021 e 1022.

12. Sobre custódia conjunta, ver Annot., " 'Split', 'Divided', or 'Alternate' Custody of Children", 92 A.L.R. 2d 695 (1963).

13. Ver nota 4.

14. Mas ver *B v. B* (1971), 3 *All E.R.* 682, em que o tribunal confirma uma decisão de instância inferior negando a um pai sem custódia acesso ao seu filho de 16 anos de idade:

> Posso dizer sem qualquer hesitação que sinto a maior simpatia pelo pai neste caso. Penso que, nos fatos que ocorreram, ele passou por um "mau bocado", se me permitem empregar uma expressão de gíria. Ele, com razão, revela que a conclusão do Procurador Oficial é de que realmente a mãe e o avô lhe bateram com a porta na sua cara com relação a este garoto. Mas o mal está feito. Não seria conveniente para este tribunal fazer um mandado de acesso para recompensar o pai ou punir a mãe. Devemos considerar o que é melhor para este menino. O douto juiz, tendo ouvido os argumentos apresentados pelo pai e tendo ouvido as provas fornecidas pelo psi-

quiatra, dr. Heller, que foi chamado para dar testemunho oral, chegou à conclusão de que não faria nenhum bem a este menino ser forçado contra sua vontade a ir ver seu pai; pelo contrário, podia fazer-lhe muito mal (Davies LJ.) (*id.* em 688).

E ver N. Turner, "Wardship: The Official Solicitor's Role" (*Journal of the Association of British Adoption and Fostering Agencies*, p. 30, 34, 1977):

> [Não gosto de ser levado a um caso] em que uma criança teima em recusar a ver um pai ou uma mãe com direito a acesso, apesar de toda a habilidade do juiz e das autoridades do bem-estar interessadas. As esperanças de que se eu entrar no caso meus assistentes serão capazes de fazer alguma coisa têm toda a probabilidade de decepção, e minha intervenção pode fazer mais mal do que bem. Um caso deste gênero, *Taylor v. Taylor*, foi ao Tribunal de Recursos em 1975 e é relatado em *Family Law* desse ano na p. 151. Às vezes eu gostaria que ele fosse mais amplamente conhecido.

15. Ver *Sorichetti v. City of New York*, 4 F.L.R. 2635 (15 de agosto de 1978) envolvendo ação judicial interposta por uma mãe de custódia contra o Departamento de Polícia da cidade de Nova York, por ter este deixado de lhe garantir proteção legal contra seu marido que era um alienado. Quando ela entregou sua filha para a visita ordenada judicialmente, ele ameaçou a vida da menina. Ela então informou a polícia das ameaças, mostrou a ordem de proteção e pediu assistência. Foi negada. Mais tarde, o pai tentou assassinar a criança, que foi encontrada mutilada e desfigurada. E ver Capítulo 5 em *Before the Best Interests of the Child*, concernente ao caso *Gray*, no qual o tribunal ordenou visitas noturnas para as crianças de uma mãe que tinha sido absolvida da tentativa de assassiná-las por insanidade mental.

Para outro exemplo de teoria simplista, mas lógica acerca de visitas, ver *C.M. v. C.C.* 152 N.J. 160, 377 A2d 821 (1977), concedendo direitos de visitas ao doador de sêmen para uma criança concebida por inseminação artificial:

> Neste caso, existe um homem conhecido que é o doador. Não existe marido. Se o casal tivesse contraído núpcias e o esperma do marido fosse usado artificialmente, ele seria considerado pai. Se uma mulher concebe uma criança por coito, o "doador" que não é casado com a mãe não é menos pai do que o homem que é casado com a mãe. Assim também, se uma mulher solteira concebe uma criança, por meio de inseminação artificial, com o sêmen de um homem conhecido, este homem não pode ser considerado menos pai por não ser casado com a mulher.

* * *

> É do maior interesse da criança ter pai e mãe sempre que possível. O tribunal não tem opinião formada quanto à propriedade do uso de inseminação artificial entre pessoas não-casadas, mas deve preocupar-se com o maior interesse da criança ao conceder custódia ou visita, e, levando isso em consideração, não fará qualquer distinção entre uma criança concebida por meios naturais ou artificiais.

Este livro foi impresso
(com filmes fornecidos pela Editora)
na Gráfica Editora Bisordi Ltda.,
à Rua Santa Clara, 54 (Brás),
São Paulo.